Marco Herzgut

Der Tiger in dir

Gay Fantasy

Prolog

Nebel zog über die Wiesen, waberte um die Bäume, die hinter dem Zaun begannen und dort in dichten Wald übergingen. In der Ferne erklang der Schrei
eines Tieres in Pein, dann das Gebrüll eines Mannes. Es passte nicht in die
Idylle, zur friedlichen Natur.

„Ich habe das verdammte Mistvieh getroffen."

„Na also, Mann, geht doch."

„Da wird sich der Chef freuen, wenn wir ihm den Luchs bringen."

„Sei leise, sonst hört dich jemand. Die Viecher stehen unter Naturschutz."

„Mir egal, Hauptsache es kommt Kohle rein. Mal sehen, was Hardy, Jörg und
Michael ins Netz gegangen ist."

Der andere Mann blieb still.

Verborgen in den Nebelschleiern schob sich etwas auf leisen Sohlen auf die
Männer zu. Wut durchfuhr das Wesen wie ein elektrischer Schlag, seine gelben
Augen glommen auf. Meter um Meter näherte es sich den Männern und hörte,
wie sie dem toten Luchs das Fell abzogen. Es war ein ekelhaftes Geräusch, das
ihm in der Seele wehtat. Bei ihm handelte es sich um eine Großkatze und doch
wieder nicht, eigentlich war er ein Zwischenwesen, ein Gestaltwandler. Ver-
langte es die Situation, so verwandelte er sich in einen Tiger, barg sowohl die
Fähigkeiten eines Menschen, als auch die des Tigers in sich. Sein animalisches
Gehirn beherrschte der Wunsch, seine Artverwandten zu rächen, die wegen des
Fells gestorben waren.

Als er die Männer erreichte, verbarg er sich hinter einem Baumstamm und
knurrte.

„Hey, hast du das eben gehört?"

„Ne, was soll sein?"

„Das Knurren."

Der Dickere der beiden, Peter, kam aus der Hocke hoch, spähte nach rechts
und links, doch der dichte Nebel machte ein Erkennen unmöglich.

„Da war nichts. Wer weiß, was du gehört hast?"

Kopfschüttelnd wollte er sich wegdrehen, aber der andere hielt ihn zurück.

„Ich bin mir sicher, etwas gehört zu haben."

„Nun, vielleicht ein Männchen, das sein Weibchen sucht. Soll das Vieh mal herkommen, dann bekommt es gleich eine Ladung Schrot zu spüren und endet wie seine Mieze als Pelzkragen an einer ollen Russin."

Rauchiges Gelächter drang durch die Stille. Der lange junge Mann dehnte seine Glieder und grinste diabolisch. Sein Gegenüber wusste, dass es eine Farce war, denn er war gefährlich. Er neigte dazu, Leute, die sich ihm entgegenstellten, zusammenzuschlagen oder tat Schlimmeres. Wann immer es um Profit ging, ging er über Leichen. Beide Männer gehörten einer Gruppe Wilderer an, die den Bayerischen Wald seit Wochen unsicher machte, in losen Abständen Wölfe, Füchse und Luchse schoss, um aus den Fellen Pelzmäntel und Fellkrägen herzustellen. Ein boomendes Geschäft. Bislang waren Wildhüter und Jäger machtlos gegen das Gesindel. Doch jetzt hatte *er* sie im Visier, um einen nach dem anderen zu eliminieren. Er war das Tier, lebte das Gesetz der Natur; zumindest in seiner Tigergestalt. Schon preschte er hinter dem Baum hervor, fauchend, seine Reißzähne fletschend, die Krallen ausgefahren. Er war bereit, zuzuschlagen, um den Wilderer ins Jenseits zu befördern.

„Marcel, ich hab's gesagt, da war was … ah, was ist das?"

Marcel drehte sich schnell um, sodass seine langen, zotteligen Haare zur Seite flogen, doch es war zu spät. Bevor er antworten konnte, rissen ihn Pranken zu Boden.

„Ein Tiger, o Gott, ein Tiger", schrie der andere.

Panisch schreiend und ohne seinem Freund zu helfen, rannte er davon. Tiefer und tiefer in den Wald hinein, der immer undurchdringlicher wurde. Auf seinem Rücken schlackerte der Jutesack mit dem abgezogenen Luchsfell hin und her. Er entfernte sich von dem schmerzverzerrten Gebrüll seines Kumpels, der um sein Leben kämpfte. Schweiß rann ihm von der Stirn, brannte in seinen Augen. Fast stolperte er über einen Ast am Boden, rappelte sich auf, rannte weiter. Seine Lungen brannten von den hastigen Atemzügen. Der schiere Lebenswille trieb seinen erschöpften Körper zu Höchstleistungen an. Keuchend und nach Luft ringend schob er seinen Leib durch den Wald, bis er auf dem kleinen Parkplatz landete, wo sein Wagen stand. Mit zitternden Händen suchte er seinen Schlüssel, fand ihn und zerrte ihn aus seiner Hosentasche. Sein von Panik erfasster Körper schlotterte wie nach einem Eisbad. Da fiel der Schlüssel zu Boden, er hob ihn auf, richtete ihn auf das Türschloss. Mehrfach misslang es ihm, den Schlüssel einzuführen, zerkratzte den ausgeblichenen schwarzen Lack des Wagens. Endlich gelang es ihm. Schnaufend, der Puls donnerte in seinen Ohren, riss er die Tür auf und warf sich förmlich auf den Fahrersitz. Hektisch startete er den Wagen und raste mit scharrenden Reifen davon. Der Motor jaulte auf, Abgase waberten durch die Luft. Zwei Rillen blieben auf dem Waldboden zurück.

An der Stelle, an der die beiden Wilderer den Luchs erlegt hatten, zeugten eine Blutspur und ein Fetzen Jeansstoff vom Akt der Gewalt. Für den zweiten Wilderer kam jede Hilfe zu spät, er lag mit durchgebissener Kehle und zerfetztem Unterleib in einem Gebüsch.

***

Pfeifend und gut gelaunt lief Timo zurück zu dem Haufen Klamotten und seinem Mountainbike, das er unweit eines Jägerhochsitzes verstaut hatte. Er zog sich an und radelte ohne jede Eile nach Hause.

„Das war der erste Streich", lachte er. „Ein Mistkerl weniger auf der Welt."
Nun musste er sich für eine Weile mit den Menschen abgeben, sein inneres Tier im Wald zurücklassen – bis zum zweiten Streich.
„Es gibt noch viel zu tun."

1

Von der Arbeit ausgelaugt, hievte sich Tom auf einen der Hochstühle an die Bar der Dorfkneipe und bestellte sich ein kühles Blondes.

„Endlich wieder ein Arbeitstag geschafft!"

„Da sagst du was."

Seufzend drehte Tom, dreiundzwanzig, seinen Oberkörper, um Michael, seinem Arbeitskollegen, in die Augen zu sehen. Lächelnd fuhr sich der Mann Mitte dreißig mit einer Hand durch seine kurzen blonden Haare. Muskeln spielten unter dem hellblauen T-Shirt, was Tom mit neidischem Blick beobachtete. Was würde er dafür geben, seinen eher schlaksigen Körperbau gegen einen maskulinen auf Knopfdruck einzutauschen?

„Da freut man sich wenigstens auf das Wochenende und auf das Ende des Monats, wenn das Gehalt drauf ist. Besser als Hartz4."

Michael zwinkerte ihm zu.

„Du hast gut reden, bist ja seit vielen Jahren bei Dachdecker Herbert, ich bin erst seit ein paar Wochen da und muss mich beweisen, bevor irgendwann mal das dicke Geld fließt, obwohl, das Einstiegsgehalt ist wirklich okay."

Immerhin handelte es sich bei Vollzeit um 2.500,00 Euro brutto.

„Die ersten Tage taten mir die Knochen so weh, als wäre ich in eine Presse geraten."

„Aber du hast durchgezogen, du kannst stolz auf dich sein, Junge."

Grinsend schlug Michael mit der flachen Hand auf Toms Rücken, sodass ihm fast die Luft wegblieb. Der Kollege besaß einen schrägen Sinn für Humor, den Tom absolut nicht teilte, ebenso wenig ging er gerne feiern. Sein Mikrokosmos drehte sich um Tiere und Naturschutz. Am liebsten hielt er sich mit seinen Mitstreitern Sina und Marek in Wald und Flur auf, um Tieren in Not zu helfen. Insbesondere Luchse und Wölfe brauchten ihren Schutz vor gnadenlosen Wilderern, denen die Wildhüter hilflos gegenüberstanden. Oft waren die drei nachts unterwegs, suchten auf eigene Faust nach den Wilderern – kein unge-

fährliches Unterfangen, was Tom stets bewusst war. Seitdem er wieder arbeitete, war er an Wochenenden nächtlich unterwegs. Es ging nicht anders. Vor dem
Job als Dachdecker war er längere Zeit arbeitssuchend gewesen, weshalb die
körperlich anstrengende Arbeit für ihn anfangs mehr als ungewohnt gewesen
war. Das Arbeitsamt kannte keine Gnade, schickte ihn zum Dachdecker Herbert, der händeringend einen neuen Mitarbeiter suchte. Tom als gelernter
Dachdecker hatte zuvor aufgrund seines fehlenden Führerscheins keine Anstel-
lung gefunden. In diesem Fall holte ihn sein Kollege Michael jeden Morgen ab
und brachte ihn abends wieder heim. In dem mittelständischen Betrieb gab es
immer jemanden, der bereit war, ihn abzuholen, Herbert war froh, in Tom
einen fähigen Mitarbeiter gefunden zu haben. Aufträge gab es genug, aber
nicht genügend Willige, die den Knochenjob machen wollten. Mit Toms Aus-
bildung und Berufserfahrung hatte ihn der Betrieb mit Kusshand genommen.
Sein Anfangsgehalt fiel überraschend üppig aus, was Toms Freude am Arbeiten schnell hatte aufleben lassen. Mit dem Gehalt konnte er nicht nur für den
Führerschein, sondern auch für den Schutz der Tiere Geld beiseite packen. Für
sich selbst brauchte er keinen Luxus. Hin und wieder traf er sich in einer
Schwulenbar mit einer losen Bekanntschaft und ließ Geld für Getränke da, ansonsten lebte er sparsam. Er wohnte auf dem Land, dort, wo sich Fuchs und
Hase Gute Nacht sagten, günstig zur Miete in einer Einliegerwohnung bei einem älteren Ehepaar.
„Der Neue kommt heute hierher?", fragte Tom, trank einen Schluck von seinem Bier.
In Gedanken war er mal wieder bei den Tieren. Ein bisschen Filmmaterial hatten sie zusammen, auf dem sogar Wilderer zu sehen waren. Etwas mulmig war
ihm zumute, weil er meinte, einer der Wilderer hätte ihn entdeckt. Einbildung,
sagten seine Freunde, aber er wusste es besser, war felsenfest davon überzeugt,
gesehen worden zu sein. Bei dem, was sie taten, spielte die Angst davor, gesehen zu werden, eine Rolle, war stets dabei, wenn sie auf die Jagd gingen.
„Wie heißt denn der Neue?"

„Timo."

Michael fummelte an der hinter seinem rechten Ohr klemmenden Zigarette. In der Kneipe war das Rauchen verboten.

„Timo, hm, okay. Klingt fast wie mein Name. Tom."

Beim Aussprechen des Namens kroch ihm eine wohlige Gänsehaut über den Nacken. Etwas sagte ihm, dass der Neue mit Schicksalhaftem in Verbindung stand. Er schüttelte den Gedanken schnell ab. Als Realist glaubte er nicht an Vorhersehungen, Schicksal und anderen Hokuspokus. Genervt rieb er sich über seine erhitzten Wangen, fuhr sich durch seine schulterlangen schwarzen Haare. Auf Außenstehende mochte er in seinem labberigen grauen Hoodie und den dreckigen Jeans wie ein Nerd wirken. Was andere Leute von ihm dachten, war ihm gleich, weil er sich meistens in seiner Haut wohlfühlte, wenn er von seiner wenig maskulinen Figur mal absah. Manchmal, aber eben auch nur manchmal, sah er sich selbst als Outsider. Meist, wenn er nicht mitreden konnte, nichts zu dem beizutragen hatte, was die anderen um ihn herum beredeten. So wie heute. Obwohl er seinen Arbeitskollegen Michael mochte, hatten sie kaum etwas gemeinsam. Wenigstens schmeckte beiden das süffige selbstgebraute Bier.

„Woher kommt Timo?"

Bis auf dass ihr Chef von einem neuen Arbeitskollegen ab dem ersten November gesprochen hatte, wussten sie nicht viel über Timo.

„Das weiß ich nicht. Wir können ihn gleich fragen."

„Bist du sicher, dass er heute kommt?"

„Ja, bin ich. Er möchte die Gegend kennenlernen, uns kennenlernen."

Für Tom war das ein seltsames Verhalten. Gewöhnlich traf man seine neuen Arbeitskollegen am ersten Arbeitstag.

„Hat er mitten unter der Woche nichts Besseres zu tun?", rutschte es Tom raus. Er beobachtete den Wirt, einen dicklichen Mann in Latzhose mit beginnendem Haarausfall, der fleißig Bier zapfte. Die kleine Kneipe zog die Kerle des Dorfes und der nahen Gemeinden an wie Licht die Motten. Tom vernahm das Gerede der Männer als lautes Stimmgewirr. Keine einzelnen Worte klangen für ihn heraus, es war ein Klangteppich, Folter für seine Ohren. Er war mit Michi mitgekommen, weil er ihm nach dem Feierabend keinen Umweg hatte zumuten wollen, da die Kneipe auf dem Weg lag. Alle anderen Arbeitskollegen fuhren in die entgegengesetzte Richtung nach Hause. Manchmal trafen sie sich nach der Arbeit zu einem Feierabendbier, meist am Freitag. Dann nutzten die Arbeitskollegen die Gunst der Stunde, um sich zu betrinken, etwas, das Tom zuwider war. Gelegentlich mal ein Bierchen, okay. Viel lieber würde er jetzt auf dem Sofa sitzen und mit seinen Freunden Ideen austauschen, wie man den Wilderern am besten auf die Spur kam. Es ärgerte ihn, dass die Wildhüter nichts gegen die Bastarde in der Hand hatten, dem Pack hilflos gegenüberstanden. In seinen Augen taten die obersten Instanzen zu wenig, um die seltenen Luchse vor dem Abschuss zu bewahren und auch die anderen Tiere taten ihm leid.

„Wir sollten uns freuen, dass Timo uns vor dem ersten Arbeitstag kennenlernen möchte. Vom Chef hab ich gehört, er sei ein Kerl wie ein Baum. Mit dir und dem Neuen hat er endlich genug Mitarbeiter, um die nächsten Aufträge ohne Zeitprobleme abzuarbeiten. Nichts ist schlimmer als unzufriedene Kunden."

Grinsend zwinkerte Michael ihm zu, während er den Rest seines Bieres exte und dem Wirt mit einem Handzeichen bedeutete, ihm ein Neues zu bringen. Dann rülpste er, was ihm in der Kneipe niemand übel nahm.

„Bin gespannt. Wann genau wollte er denn hier sein?"

„Warum willst du das wissen?"

„Lange halte ich heute ehrlich gesagt nicht mehr durch. Bin etwas … na ja, müde."

Um seine Aussage zu untermauern, gähnte Tom hinter vorgehaltener Hand.

„Ah okay, nun, er sagte, so gegen sechs Uhr."

Tom schaute auf seine Armbanduhr.

„Sechs Uhr ist es in ein paar Minuten."

Michael nickte.

„Oh, echt?“

Toms Aufregung nahm zu, je näher die Zeiger der sechs Uhr-Marke rückten. Schweißnasse Hände und ein heftiger Puls komplettierten seine innere Unruhe.

„Ey, alles okay bei dir?“

„Was?“

Er zuckte zusammen.

„Ja, warum nicht, sehe ich krank aus?“

„Na ja, deine Stirn ist verschwitzt, du siehst aus, als ob du was ausbrütest.“

Mal wieder zog Michael alles ins Lächerliche, etwas, das er sehr gut konnte. Nicht immer kam seine witzige Ader bei den Kollegen an, Tom ertrug sie stoisch, genauso wie den Lärm und die stickige Luft in der rustikalen Kneipe.

„Nein, ich werde nicht krank, bin halt müde.“

„Okay, wir bleiben maximal ne Stunde, dann fahren wir heim“, sagte Michael, der sein neues Bier in Empfang nahm.

Eine ganze Stunde noch, hoffentlich schlafe ich nicht auf dem Hocker ein, schoss es Tom durch den Kopf, kotzte innerlich ab. Nach außen hin blieb er gefasst, zuckte mit den Schultern.

„Meinetwegen“, brachte er gelangweilt hervor.

Seufzend betrachtete er die Neige im Glas, entschloss sich kurz darauf, den Rest auszutrinken und sich ebenfalls ein neues Bier zu bestellen. Der Wirt war am Rotieren, um jedermanns Wunsch zu erfüllen. Heute dürfte es in seiner Kasse klingeln. Als Tom das Bier bekam, versank er tiefer in seinen Gedanken. Vor dem inneren Auge erschien der gequälte Blick eines Hundes, dem bei lebendigem Leib das Fell abgezogen wurde als Inhalt eines Videos, das jemand bei Facebook geteilt und das er „aus Versehen“ angeklickt hatte. Bis heute war er das Bild nicht losgeworden, es verfolgte ihn bis in seine Träume. Mit grimmigem Blick umklammerte er die Biertulpe, um seine Wut über diese sinnlose Tierquälerei zu kompensieren und kniff die Augen zu. Mit Hass im Herzen dachte er an die vielen Menschen, die es cool fanden, mit Pelzkrägen durch die Gegend zu laufen. Viele taten es, ohne zu wissen, dass es sich um echtes Tierfell handelte, oft war es der Pelz von Marderhunden. Vielen Menschen war es egal, ob es sich um Echtpelz oder Kunstfell handelte. Diese Gleichgültigkeit brachte ihn und seine Freunde auf die Palme. Als plötzlich jemand seinen Rücken berührte, erschrak er derart, dass er mit dem vollen Bier in der Hand herumschwang. Der Gerstensaft schoss über den Rand des Glases und benetzte die stämmige Brust eines Mannes, der ihn mit gerunzelter Stirn ansah. Wie ein sich ergebender Duellant hob er beide Hände, blickte nun entschuldigend.

„Sorry, ich wollte dich nicht erschrecken."

Beschwichtigend drehte er seine Hände mit der flachen Seite nach ohne und begann zu grinsen, als meinte er die Entschuldigung doch nicht ernst. Ihn schien sein vom Bier nasses Shirt nicht zu stören. Muskeln zeichneten sich scharf unter dem weißen Stoff ab, darüber trug er eine schwarze Lederjacke, deren Knarzen Tom sogar durch die lauten Hintergrundgeräusche vernahm. Der Anblick ging ihm durch Mark und Bein, Erregung zuckte durch ihn hindurch, bis in seine Lenden.

Verdammt Tom, cool bleiben!

Sein Gegenüber war ein heißer Feger, ohne Frage.

„Timo Rose!"

Lächelnd, reinweiße Zähne zeigend – wie bei einem Werbemodell für Zahnpasta – reichte er ihm förmlich die Hand. Verlegen betrachtete Tom die dargereichte Hand, ehe er einschlug und sich vorstellte.

„Ähm, ich bin Tom. Tom Bergmann … dann bist du also … der Neue."

„Ja, genau, und du bist Michael?"

Nachdem er Tom für einige Sekunden gemustert hatte, drehte er sich zu dem anderen Mann um. Der gab sich weniger überrascht und schlug nickend und mit kräftigem Handschlag ein.

„Willkommen im Team. Auch'n Bier?"

„Gern."

„Hey Ober, ein Bier bitte!"

„Kommt sofort."

Unverzüglich machte sich der Mann hinter der Bar daran, zu zapfen. Michaels unmögliche Ansprache ließ er unkommentiert.

„Bitte!“

„Danke.“

Timo hielt Augenkontakt mit dem kräftigen Kerl hinter der Theke, dann drehte er sich zu seinen künftigen Kollegen um.

Tom fühlte, wie seine Brust sich verengte, sein Herz schneller schlug und sich das Blut in seinem Schritt sammelte. Der Neue dünstete etwas Animalisches aus, das ihm den Atem raubte, wogegen er machtlos war. Und dann diese Augen, hinter denen eine Tiefe verborgen lag, die er nur von klaren Bergseen kannte, an denen er gern mit seinen Freunden zeltete, um mit der Natur eins zu werden. Funkelnde, beinah türkisfarbene Augen, die ihn vereinnahmten. Plötzlich schoss ein heftiges Gefühl wie eine Art Blitz durch seinen Körper, ihm schwindelte. Die Stimmen der Leute verkamen zu einem Brei aus Lärm, der in Brauntönen gehaltene Raum verschwamm vor seinen Augen. Irgendwo polterte es. War das sein Stuhl? Nass ergoss sich das Bier auf ihn, das er bei seinem Sturz mit sich riss.

***

„Geht es wieder?“

Mehrfach kniff Tom die Augen zu und öffnete sie wieder, so lange, bis er Michaels Gesicht klar erkannte.

„Was ist passiert, wo bin ich?“

„Du bist hinten in der Kneipe, in den Privaträumen.“

„Was war denn, warum bin ich in den Privaträumen?“

Erschrocken drehte sich Tom auf dem knarzenden Sofa hin und her, roch alten Tabakrauch.

„Hey, bleib ruhig, du bist bloß vom Stuhl gekippt, keine Ahnung, was mit dir los war. Hast du was geraucht?“

Michaels Augenbrauen wanderten nach oben, während er Tom fragend ansah.

Dumpf drang der Lärm der Feiernden an seine Ohren.

„Du siehst aus, als hättest du eine Erscheinung gehabt oder sowas." Michael kicherte. „Du hast den Neuen angesehen, als wäre er dein Mr Right."
Anders als andere Schwule, hatte sich Tom schon kurz nach der Einstellung bei seinen Arbeitskollegen geoutet, um Mobbing vorzubeugen. Zu seiner Freude akzeptierten sie ihn so, wie er war. Einzig einer der älteren Kollegen, Florian, zeigte öfter, dass er schlecht auf Schwule zu sprechen war. Der Chef ermahnte jeden in der Firma, sich auf die Arbeit zu konzentrieren und kollegial miteinander umzugehen, egal was jemand privat machte und welche Sexualität er auslebte. Reibereien am Arbeitsplatz duldete Herbert nicht und scheute auch vor Abmahnungen nicht zurück, sollte sich jemand den Anweisungen widersetzen. Eine Abmahnung wegen Frotzeleien gegenüber Tom hatte der vierundvierzig jährige Florian bereits kassiert, was die Sache in Toms Augen nicht besser machte. Rauswerfen konnte der Chef den Mann in der schwierigen Lage mit fehlenden Arbeitskräften ohnehin nicht. Es war für Handwerksbetriebe schwer, geeignetes Personal zu finden, denn die meisten Leute wollten keine schwere Arbeit erledigen. Die jungen Leute von heute studierten oft lieber, um später hoch dotierte Positionen zu bekleiden, wo sie sich nicht *die Hände schmutzig machten.* Männer wie Florian, Tom und Timo kamen dem Chef gerade recht: Männer, die es liebten, anzupacken, mit ihren Händen etwas zu erschaffen. Dafür zahlte er entsprechend. Tom ruderte gedanklich zurück zu dem Neuen. Als er an ihn dachte, flatterte sein Herz wie verrückt, fühlte sich wie verhext. Wie war das möglich?
Der Typ hat Magie in den Augen, mit der er mich verzaubert hat, hat in meine Seele geschaut und ... Tom, denk nicht so einen Bullshit!
Er schluckte und verdrehte die Augen.
„Wo ist er hin?"
„Wer?"
„Timo."
Seine Wangen färbten sich vor Verlegenheit rötlich. Und da war es wieder, dieses warme Gefühl im Bauch, das er das letzte Mal derart intensiv bei seinem

Ex empfunden hatte. Leider zerbrach die Beziehung, da der Ex lieber auf Partys ging, sich zudröhnte und mit jedem Kerl schlief, der ihm vors Rohr lief. Die Beziehung hatte ein halbes Jahr gehalten. Tom musste für sich feststellen, dass er bei seinem Ex zu lange durch die rosarote Brille geschaut hatte. Was er in Gegenwart von Timo empfand, war etwas anderes, etwas Besonderes. Sein Bauchgefühl sagte ihm, dass Timo ein Geheimnis hinter seinen grünen Augen verbarg. Nur welches? Fest entschlossen, dahinter zu kommen, richtete sich der junge Mann langsam auf. Für einen Moment verschwamm erneut alles vor seinen Augen, bevor es langsam besser wurde.

„Ich hab nichts geraucht, Michi, ehrlich. Du kennst meine Einstellung gegenüber Drogen."

Eindringlich fixierte er Michael, der sich mit verkniffenem Blick im Nacken kratzte.

„Das war Spaß, Mann."

„Dann ist ja gut."

„Ich frag mich nur, was mit dir los war."

„Was war mit mir? Das wüsste ich selber gern, ich kann mich nicht mehr richtig erinnern. Nur, dass sich plötzlich alles um mich herum drehte."

„Du warst wie paralysiert. Hast du nen Geist gesehen? Oder doch eher schockverliebt in Timo?"

Das lästige Grinsen kehrte zurück auf Michis Gesicht.

Einen Geist? Nein, wohl eher den heißesten Kerl des Universums.

Das mit dem schockverliebt sein erschien ihm also gar nicht verkehrt, was er vor seinem Kollegen lieber leugnete.

„Die Arbeitswoche war einfach zu anstrengend, hat mich förmlich aus den Latschen geboxt. Bin gespannt, wie sich Timo auf der Arbeit macht, Muskeln hat er, o ja. Hast du seinen Bizeps gesehen?"

Gespielt genervt verdrehte Michael die Augen.

„Der Chef stellt keine Idioten ein, also ja, ich hab ein gutes Gefühl und du scheinbar auch."

Mit dem Ellenbogen stupste er Tom an, der sich von der Ledercouch erhob. In dem Raum befanden sich außerdem ein brauner Sessel und ein grob gehauener Tisch, darauf standen eine Schale Erdnüsse und ein gusseiserner Aschenbecher. Schal hing der kalte Rauch in der Luft, der würzige Geruch, den Tom beim Erwachen wahrgenommen hatte – wahrscheinlich handelte es sich um Zigarrentabak. Hierhin zogen sich der Wirt und seine Angestellten wohl in der Pause zurück, mutmaßte er.

„Das soll ich dir übrigens vom Wirt geben, kannst du behalten."

Michael überreichte ihm einen dunkelblauen Pullover, den Tom dankend annahm und gegen sein nach Bier stinkendes Oberteil eintauschte. Das nasse Teil verstaute er in einer Plastiktüte, die der Wirt ebenfalls dagelassen hatte.

Durch eine Schwingtür gelangten die Männer zurück in den Gastraum, der sich ordentlich gefüllt hatte. Eine Handvoll junger Frauen befand sich mit den Männern in der Bar. Üble Sprüche und Dorflatein wurden zum Besten gegeben, Dinge, die Tom null interessierten. Am liebsten wäre er direkt nach Hause gegangen, hoffte auf Michaels Nachsehen, nachdem er umgekippt war, doch er hoffte vergebens.

„Setz dich zu Timo an die Bar, der macht einen verlorenen Eindruck! An den Ladys scheint er jedenfalls kein Interesse zu hegen. Wenn du Glück hast, ist er, wie du, vom anderen Ufer."

Ein Ruck ging durch Tom.

„Was, alleine? Und du?"

Michael zuckte mit den Schultern.

„Ich geh nach draußen, rauchen. Und du, ab, rann an den Feind!"

Von dem heißen muskelbepackten Kerl an der Theke wie magisch angezogen, nickte Tom seinem Arbeitskollegen zu. Seine Knie fühlten sich wie Pudding an, als er auf ihn zuschritt. Um ihn herum schien eine unsichtbare Schutzbarriere zu existieren, die andere Gäste von ihm fernhielt. Es kam Tom so vor, als lägen die Blicke aller Anwesenden bewundernd auf dem großen, starken Mann. Und dann war da er, der Hänfling, mutig genug, um sich ausgerechnet dem geheimnisvollen Kerl mit den Tattoos anzunähern.

„Hey", kam krächzend über seine Lippen.

Sein Herz schlug schneller, der Puls dröhnte in seinen Ohren.

Wie in Zeitlupe wandte sich Timo zu ihm um, wobei der Hochsitz ein protestierendes Knirschen von sich gab. Da waren sie wieder, die katzenhaften Augen. Tom hustete, um den Frosch im Hals loszuwerden.

„Nach dem schlechten Start vorhin fangen wir am besten noch mal von vorne an." Sich räuspernd schaute er auf seine Schuhe, ehe er Mut fasste und den Blick hob. „Also, ich bin Tom."

Timo streckte ihm seine Hand entgegen, die bis eben auf der Theke geruht hatte.

Schluckend nahm Tom die Hand an, die seine kräftig drückte. Schon glaubte er, Knochen brechen zu hören. Der leichte Schmerz verkam zur Nebensache, als er in Timos stechendem Blick versank, einem Tor in eine andere Welt. Etwas ging vor sich in diesen intimen Sekunden, in denen sich die beiden grundverschiedenen Männer die Hände reichten.

Timo spürte es tief in sich drinnen, was seinen Tiger aufbegehren ließ. Das Tier in ihm kam ungewollt zum Vorschein, ließ seine Augen funkeln und die Zähne sich zuspitzen. Gott, er musste das Ausbrechen seines Tieres in der mit Menschen überfüllten Kneipe unbedingt verhindern. Niemand durfte erfahren, *was* er war, auch nicht der schmächtige Kerl vor ihm, der ihn von Anfang an faszinierte. Ein Outing der besonderen Art würde seinen Plan unnötig durcheinanderwirbeln. Schnell verwandelte er sein Gesicht in eine eiserne Festung, machte sie für sein Gegenüber undurchdringlich. Nichts sollte zwischen ihnen stehen, waren sie doch lediglich Arbeitskollegen. Nicht mehr, aber auch nicht weniger. Fuck, wem machte er sich etwas vor? Dieser Kerl zog ihn magisch an, nicht nur das Tier in ihm verharrte aufmerksam im Hintergrund, vor allem seine Libido verselbstständigte sich. Verdammt, was sollte er tun? Sie würden sich auf der Arbeit ständig über den Weg laufen. Sein Tier rebellierte, verlangte nach körperlicher Nähe. Shit, er saß mehr als in der Klemme. Ein Dilemma.

„Was treibt dich in dieses beschauliche Kaff?", fragte Tom gespielt cool, obwohl es in seinem Inneren vor lauter Aufregung kribbelte, als bevölkerten tausende Ameisen seinen Magen.

„Die Ruhe. Ich mag keine Hektik. Hab vorher eine Weile in der Stadt gelebt, aber der Lärm hat mich aggressiv gemacht."

Während er ohne Höhen und Tiefen in seiner Reibeisenstimme sprach, blickte er Tom direkt in die Augen. Tom bescherte es eine Gänsehaut. In dem türkisgrünen Glimmen lag eine Wildheit verborgen, die er sich nicht erklären konnte. Es weckte eine Sehnsucht in ihm, das Verlangen, den geheimnisvollen Mann näher kennenzulernen. Vielleicht war auf lange Sicht eine Freundschaft möglich. Mit etwas Glück, hoffte er, verstand und lobte Timo seine Leidenschaft für den Tierschutz, anstatt sich, wie seine Arbeitskollegen, darüber zu amüsieren. Er schallte sich selbst einen Narren, derart weit im Voraus zu denken, schließlich kannte er Timo erst wenige Minuten.

„Kann verstehen, dass dich die Stadt nervt. Mich auch, ähm ..." Verlegen kratzte er sich im Nacken, ehe er an seinem Bier nippte, um seiner Nervosität wenigstens ein bisschen Herr zu werden. „Ich liebe das Landleben, die saubere Luft und den Wald. Bin gern im Wald unterwegs."

Die Kollegen wären nach dem Spruch in Gelächter ausgebrochen. Schon glaubte Tom, Timo würde sich ebenfalls über ihn lustig machen, aber seine Reaktion überraschte ihn.

„Da haben wir was gemeinsam. Ich liebe den Wald und ich liebe die Einsamkeit. Die meisten Menschen widern mich an."

Timos direkter Blick und seine unterkühlte Aussprache ließen keinen Zweifel an der Ernsthaftigkeit der Sache.

„Ganz schön direkt."

Mit offenem Mund starrte Tom den muskulösen Kerl an, der wie selbstverliebt seine Arme vor der Brust verschränkte.

„Was bringt es mir, Leuten etwas vorzumachen. Ich bin ehrlich, damit mein Gegenüber jederzeit weiß, woran er ist. Bin kein Fan davon, jemandem etwas vorzuspielen, ihn anzugrinsen und mir zu denken, was für ein Arschloch er ist. Ich sage ihm direkt ins Gesicht, dass er ein Arschloch ist, zu lügen liegt nicht in meiner Natur."

„Okay", antwortete Tom gedehnt.

Ein wohliger Schauer prickelte über seine Haut, drang bis in seinen Unterleib. Der Mann stieß ihn mit seiner Aussage ab, zog ihn gleichzeitig an. Hoffentlich fiel dem Bär von einem Mann nicht auf, dass er auf Männer stand, denn nicht jeder ging mit Homosexualität offen um, manche sogar feindselig. Tom hoffte von Timos Seite auf Verständnis. Obwohl Michael eine Andeutung in die andere Richtung gemacht hatte, hakte Tom nach.

„Du kannst dich bestimmt nicht vor Anfragen aus der Damenwelt retten, was?"

Gott, was fragte er denn da? Ihm brach der Schweiß aus, seine Wangen färbten sich rot.

„Selbst wenn, es interessiert mich nicht."

Hatte er sich eben verhört, oder gab Timo offen zu, nicht auf Frauen zu stehen? War er wie er selbst, schwul? Die Art wie er sprach, herb männlich aber gleichzeitig weich wie Samt, ließ ihn innerlich erbeben.

„Oh, ich dachte, nun ähm … ich dachte, du …"

„Warum es zerreden, nenn das Kind beim Namen, Tom, ich hab damit keinerlei Probleme."

„Okay."

Tom räusperte sich, bevor er zum Antworten kam, redete der Neue weiter.

„Ich steh nicht auf Frauen, sondern auf Männer. Aber bitte fühl dich deshalb nicht angebaggert, so einer bin ich nämlich nicht."

Selbstgefällig lehnte sich Timo zurück und grinste über seine reinweißen Zähne. In seinen Augen funkelte es.

Sexy!

Tom konnte nicht verhindern, wie ihm innerlich heiß wurde, seine Achseln zu schwitzen begannen. Hektisch sah er sich um, in der Hoffnung, Michael zu sehen, der sich eigentlich nur kurz zum Rauchen nach draußen begeben hatte. Zu seinem Leidwesen schien der eine zweite Zigarette zu rauchen oder war in ein Gespräch verwickelt worden. Allein mit dem großen Mann, dem gegenüber er sich klein wie eine Mikrobe vorkam, fühlte er sich komisch. In seinem Magen rumorte es, die Stimmen der anderen Gäste kamen ihm einmal mehr gedämpft vor. Verwirrt rieb er sich die Augen, klammerte sich mit beiden Händen an der Theke fest. Ein angenehmer Duft stieg ihm in die Nase, roch nach einem herben Parfum, Mann und etwas anderem, das ihn an das Fell einer nassen Katze erinnerte. Eigentlich ekelig, aber das Zusammenspiel aller Nuancen machte daraus etwas Besonderes. Und dann war da wieder das schillernde Grün von Timos Iriden, das ihn in seinen Bann zog. Als wäre Timo kein Mensch, sondern eine magische Gestalt.

Blödsinn!

Tom schüttelte sich, hoffte, dass Timo etwas sagte, statt ihn nur anzustarren, doch das tat er nicht. Hinter dem Grün erkannte Tom etwas, das nichts Menschliches an sich hatte. Es war unglaublich.

„Hey, alles klar bei euch beiden?"

Michaels rauchige Stimme riss Tom aus dem Anblick heraus, aus der irren Welt zurück in die reale. Aus dem Augenwinkel bemerkte er, wie Timo angewidert das Gesicht verzog und die Nase rümpfte. Im selben Augenblick roch er den Rauch, der Michael anhaftete. Offenbar mochte Timo keine Raucher oder einfach den Geruch von Zigaretten nicht, genau wie er selbst als Nichtraucher.

„Michi, kann ich dir noch was Gutes tun?", nuschelte der Wirt durch seinen Bart.

„Ein Bier bitte!", sagte er und hob den Finger, um seine Bitte zu unterstreichen. „Und ihr beide, habt ihr euch angefreundet?" Neckisch hob Michael seine rechte Augenbraue, lächelte und durchfuhr mit einer Hand seine Haare.

„Wie man es nimmt", antwortete Timo für sich und den verlegenen Tom.

„Da steht einer guten Zusammenarbeit ja nix mehr im Wege. Prost!"

Inzwischen war Michael leicht angeheitert, was Tom von ihm von anderen

Kneipenbesuchen kannte.

Eine Weile lauschten die drei Männer den Geräuschen und Stimmen in der Kneipe, bis zwei weitere Männer die Kneipe betraten und sich an die Theke drängelten.

„Ich muss dir gleich was erzählen."

„Da bin ich aber gespannt."

„Du wirst nicht glauben, was Peter gesehen hat. Oder besser, gesehen zu haben glaubt."

„Meinst du wegen Marcel?"

Der andere Mann nickte.

Tom drehte sich die Nase rümpfend um, als ihn der Gestank ranzigem Schweißes streifte. Neben ihm stand ein hagerer Mann in den Vierzigern, dessen zu lange Haare ihm in fettigen Strähnen ins Gesicht hingen. Ein stoppeliger Bart bedeckte seine Wangen. Der Zustand der Klamotten war nicht besser, man konnte es als *abgerissen* bezeichnen. Seine Erscheinung erinnerte Tom an einen versoffenen Goldsucher im Wilden Westen. Der andere Mann war kräftig wie ein Gewichtheber und glatzköpfig. Ein Goldzahn blitzte in seinem Mund und das graue Shirt schien fast zu platzen bei den aufgeblasenen Muskeln. Beide Männer versprühten etwas Unangenehmes, was auch Timo nicht verborgen blieb. Als Tom sich zu ihm umwandte, glaubte er zu erkennen, wie sich die grünen Augen vor Zorn verdunkelten. Timos Gesichtszüge wandelten sich, verschwammen, wurden zu etwas anderem, nicht Menschlichem. Für einige Sekunden meinte Tom Fänge wie die einer Großkatze zu sehen.

„Gott, bin wohl übermüdet", nuschelte er und kniff die Augen mehrfach zusammen und öffnete sie wieder, dann rieb er sich mit Daumen und Zeigefinger über der Nasenwurzel.

Jetzt erschien Timos Gesicht wieder normal, der Hass in seinen Augen aber war geblieben. Wie eine undurchdringliche Mauer schwebte ein Hauch von Kälte um den Mann herum. Tom schluckte und rückte instinktiv von Timo ab. Die beiden neu hinzugekommenen Männer blieben davon ungerührt und bestellten beim Wirt Bier. Michael unterhielt sich mit seinem Sitznachbarn, einem bulligen Mann in Lederjacke mit Patches bestickt, der optisch jedem Motorradrocker Konkurrenz machte.

„Was soll mit Marcel sein? Der Penner hat sich abgeseilt, weil er Schiss hat, dass die Bullen ihm auf die Schliche kommen, das ist alles."

„Peter meint, er wurde angegriffen."

„Klar, von einem Tiger."

„Nicht so laut, Mark!"

„Das glaubt eh kein Schwein, Jörg."

„Ich meine ja nur wegen der ganzen Leute hier. Wir müssen nicht auffallen, Mann. Einfach ein bisschen vorsichtig sein, das ist alles. Den Ball flach halten."

„Die wissen doch gar nicht, was abgeht", lachte Mark, senkte nach einem Rundumblick durch den Raum aber seine Stimme.

Natürlich interessierte sich keiner der anderen Gäste für ihre Unterhaltung, stellte Tom fest. Er jedoch lauschte neugierig und sein Bauchgefühl sagte ihm, auf der richtigen Fährte zu sein, was die Wilderer anging und auch Timo schien größeres Interesse an den Männern zu haben. Eine Gänsehaut überzog seine Arme, als er begriff, einen der Männer auf dem Videomaterial zu haben, den bulligen mit der Glatze. War es der, der ihn gesehen hatte? Aufstöhnend neigte er seinen Kopf, sodass ihm die Haare wie ein Vorhang vors Gesicht fielen.

Jetzt bloß Ruhe bewahren!

„Peter wurde von einem wilden Tier angegriffen. Er konnte sich gerade noch in Sicherheit bringen. Er meinte, es war ein Tiger."

„Und deshalb will er nicht mehr mit raus ins Gelände?"

Jörg, beugte sich zu seinem Begleiter rüber und flüsterte ihm etwas ins Ohr. Timo spitzte die Ohren, verstand, was der Kerl sagte. Den ausgeprägten Hörsinn verdankte er seinem inneren Tier.

„Ein Tiger, so ein Blödsinn. Hier gastiert weder ein Zirkus, noch gibt es einen Zoo in der Nähe. Wenn, muss der ausgebrochen sein und das glaube ich kaum."

„Warum nicht?"

„Du stellst blöde Fragen, weil es so ist. Hey Wirt, noch ein Bier für uns!"
Er exte den Inhalt des Glases und knallte es auf die Theke. Das Gespräch mit
seinem Begleiter war für ihn beendet. Die Augen des Anderen wirkten glasig,
Schweißperlen bildeten sich auf seiner Stirn. Wärme und Schweiß dampfte
sein Körper aus, was Timo dank seines hervorragenden Geruchssinns erschnupperte. Er war auf der richtigen Spur, was ihm ein Grinsen entlockte.
Und Tom stand auf seiner Seite, ganz sicher, was ihn von jetzt auf gleich zu
seinem Verbündeten, zu mehr als einen Arbeitskollegen, machte. Vielleicht
sollte er sich mit ihm anfreunden, damit sie gemeinsame Sache machen konnten. Aber sein Tiger protestierte, versuchte ihm einzutrichtern, dass Menschen
und Gestaltwandler schlecht harmonisierten. Egal wie sich die Beziehung entwickelte, am Ende stand das Tier immer zwischen ihnen. Oder nicht? Timo
ließ das Schicksal entscheiden.

2

Neuer Job, neues Glück? Für viele Menschen gestaltete sich die erste Zeit im Betrieb mit den neuen Arbeitskollegen oft als schwierig. Timo machte das Beste draus, gab sich offen und sowohl an der Arbeit interessiert. Hauptsächlich ging es ihm darum, sich für den Lebensunterhalt Geld zu verdienen, denn auch ein Gestaltwandler brauchte Dinge des täglichen Lebens und ein Dach über den Kopf. Klar, er lief gern in seiner Tigergestalt durch den Wald, hielt sich manchmal mehrere Tage in der Wildnis auf, um wie seine tierischen Kollegen zu jagen und mit der Natur im Einklang zu sein. Auf der anderen Seite liebte es der Mensch in ihm trocken und heimelig, weshalb er sich in einer Wohnung auf dem Land einquartiert hatte. In erster Linie waren ihm seine Arbeitskollegen gleichgültig, da er sich mit seinen *gewöhnlichen* Mitmenschen kaum identifizieren konnte und wollte. Diese Leute dachten und lebten anders als die Gestaltwandler. Noch dazu war er schwul, was vielen Leuten ein Dorn im Auge zu sein schien. Wenn ihm jemand wegen seiner Sexualität dumm von der Seite anmachte, gab er sofort kontra. Die Krallen auszufahren war ihm eine der leichtesten Übungen, im wahrsten Sinne des Wortes.

Mit dem Rucksack auf seinem Rücken schwang er sich am frühen Morgen nach Dusche und Mettbrötchen auf sein Rad, um zur Arbeit zu fahren. Für die paar Kilometer zum Arbeitsplatz, der am Rande des Dorfes in einem kleinen Industriepark lag, brauchte er keinen Wagen. In dem Gebiet, wo sich der Dachdecker befand, gab es neben einem Betonsteinwerk eine Glaserei, eine Autowerkstatt und einen Betriebshof.

Es war ein feuchtkalter Morgen, der Atem drang in Wölkchen aus seinem Mund. Vögel zwitscherten ihre Lieder, von weiter entfernt drang das Rauschen einer Schnellstraße an Timos Ohren und irgendwo im Gebüsch neben dem Radweg raschelte es – eine Maus vielleicht. Nichts entging Timos hervorragendem Gehör. Als das rotgeklinkerte Gebäude mit den beiden Hallen ins Sichtfeld kam, vernahm er die Stimmen dreier Kollegen, die in Arbeitskluft vor der offenen Garage standen und rauchten. Unangenehm stach der Tabakgeruch in seine Nase, das Leid der Gestaltwandler mit ihren empfindlichen Nasen. Die Männer vor dem Gebäude kannte Timo noch nicht. Er vernahm, wie sie sich über Toms Hang zum Naturschutz amüsierten, worüber er den Kopf schüttelte. Für die gute Sache zu kämpfen gehörte unterstützt, statt verlacht. Wut drängte sich in ihm nach oben. Ruckartig bremste er direkt vor den Männern ab, was eine Bremsspur und deren Aufmerksamkeit nach sich zog.

„Guten Morgen", grüßte er, ohne nennenswerte Emotionen zu zeigen.

Seine Miene blieb unergründlich, was die Männer stutzen ließ. Statt ihm mit dummen Sprüchen zu begegnen, erwiderten sie den Gruß formell.

„Du bist der Neue, oder?", fragte ein untersetzter Mann in seinen Dreißigern, dessen Gesicht ein Dreitagebart zierte.

Wenig erbaut schaute er an Timo hoch und seine Augen wurden groß, während er kurz in seinen Bewegungen einfror.

Timo spürte, dass der Mann drauf und dran war, ihm entgegen zu schmettern, was ihm auf der Zunge lag und das war nichts Freundliches. In dem Blick erkannte er Unwillen aber auch Unglauben. Auf jeden Fall hatte der Kerl keine Lust auf einen neuen Rivalen am Arbeitsplatz, wahrscheinlich verspürte er Angst davor, er könnte ihm in der Gunst des Chefs den Rang ablaufen. Dass dem Mann die Worte unausgesprochen im Halse stecken blieben, kam Timo gelegen, denn er verspürte kein Interesse an kindischen Rivalitäten. Gute Arbeit abliefern und am Ende des Monats sein Gehalt auf dem Konto vorfinden war alles, was er wollte.

Trocken schluckend wandte sich der Mann ab, zündete sich eine neue Zigarette an. *Gut so,* schoss es Timo durch den Kopf, denn sein inneres Tier fauchte laut, um den Groll, den er gegenüber den Männern hegte, zu verdeutlichen. Seinem menschlichen Teil ging es kaum anders, doch er musste sich am Riemen reißen, mitspielen, denn das hier war sein Arbeitsplatz, nicht mehr, aber auch nicht weniger. Es sich gleich am ersten Tag mit den Kollegen zu verscherzen, lag nicht in seinem Interesse, aber viel mehr als den unvermeidlichen

Kontakt im Job wollte er mit seinen Kollegen ohnehin nicht haben. Für ihn waren diese Männer austauschbare, oberflächliche Figuren … bis auf Tom. Tom, der in der Gruppenhierarchie mehr oder weniger außen vor, am unteren Ende stand, hatte etwas an sich, das ihn anzog. Die Liebe zur Natur verband sie wie ein Band, das stand für ihn felsenfest. Ob er es wollte oder nicht, sein Tier zwang ihn dazu, sich dem jungen Mann anzunähern, jedoch langsam und mit Bedacht.

Während Timo sich wegdrehte, um sein Rad anzuschließen, hörte er die Männer nuscheln, Worte, die ihn nicht interessierten. Einer der Männer dämpfte seine Zigarette aus und verschwand in der Halle.

„Ich mach den Wagen fertig, haben heute die Villa von Leferink zu decken, das wird den ganzen Tag, ach was, den ganzen restlichen Monat in Anspruch nehmen. Ist ein fetter Kasten."

„Scheint ja viel los zu sein an meinem ersten Arbeitstag, was?", fragte Timo in die Runde, verschränkte seine Arme vor der Brust.

„Am besten, du gehst zuerst zum Chef rein und lässt dich einweisen. Ich bin übrigens Jan, dein Vorarbeiter. Alles, was der Chef sagt, wird ohne mit der Wimper zu zucken erledigt, die weiteren Anweisungen erhältst du von mir." Timo nickte.

„Meine Anweisungen gelten gleich nach denen vom Chef und werden ebenfalls direkt ohne zu Murren und zu Knurren umgesetzt. Falls du Anregungen und Verbesserungsvorschläge hast, nenn sie, wenn sie uns wirklich weiterhelfen. Klugscheißer brauchen wir nicht, damit es dir klar ist."

„Klar", antwortete der Wandler, während er dem Bärtigen in die Augen blickte. Was er darin sah, ließ ihn innerlich aufschreien, der Kerl strotzte vor Arroganz. Fehlte lediglich, dass er ihm den Rauch seiner Zigarette ins Gesicht blies. Und tatsächlich, Timo las aus dessen Mimik ab, dass er genau das am liebsten tun wollte. Es war wieder das Ding mit der Konkurrenz, er sah in ihm als Neuen, dem Berg von einem Mann, jemanden, der ihm seinen Rang streitig machen konnte. Mit seiner animalischen Kraft war Timo den anderen Kerlen in dem

Betrieb haushoch überlegen, in Sachen Intelligenz schätzte er es ähnlich ein. Sollte es jemand wagen, sich mit ihm anzulegen, würde derjenige wie so oft den Kürzeren ziehen. Sein Tiger brüllte vor Lachen auf.

Lass sie es versuchen, mich anzugehen, ich bin bereit für sie. Grr.

„Gut, dann geh ich mal rein zum Chef.“

Ohne diesen Jan weiter zu beachten, marschierte Timo durch die Halle, in der allerlei Zeug lag und stand, das für die Arbeit auf den Dächern gebraucht wurde. Pfeifend lief er durch bis zum Ende, wo eine feuerrote Stahltür ihn in einen schmalen Gang entließ. Verschiedene Gerüche hatten sich festgesetzt, darunter herbe Männerparfüms, Tabak und der Geruch nach Dachpappe. Es war der typische Duft eines Handwerkbetriebes. Zuvor hatte Timo ein Jahr lang bei einem Malermeister gearbeitet. Er arbeitete stets so lange an einem Ort, bis ihn sein Tier weiter trieb. Sesshaft war er bisher nirgends geworden. Und so lange sein Tiger das Revier wechseln wollte, musste er sich fügen, ob er wollte oder nicht. Wie gewöhnliche Menschen dachten und lebten keine Gestaltwandler, zumindest nicht die, die er kannte. Die meisten Menschen hielten ihre Gattung für Fiktion, für die literarischen Ergüsse irgendwelcher Schriftsteller, aber er wusste es besser.

Als er in das Büro seines Chefs, einem verlebt aussehenden Mann mit ergrauten Haaren, knapp sechzig, betrat, zuckte er zurück. Feuchter Muff fräste sich in seine Nasenschleimhäute, was ihn beinah zum Würgen brachte. Müde Augen, unter denen ausgeprägte Tränensäcke hingen, musterten ihn wie eine Erscheinung.

„Da sind Sie ja, ich freue mich, dass Sie tatsächlich erschienen sind.“

Fragend neigte Timo den Kopf.

„Warum sollte ich nicht pünktlich auf der Matte stehen?“

Der Chef machte mit seiner rechten Hand eine wegwerfende Bewegung.

„Was glauben Sie denn?“ Er lachte heiser auf. „Wir haben schon Leute gehabt, vom Arbeitsamt geschickt, die einfach nicht zur Arbeit gekommen sind. Und das am ersten Tag.“

„Nun, ich habe einen Vertrag unterschrieben, auf dem steht, dass heute mein erster Arbeitstag ist. Warum sollte ich also Vertragsbruch begehen? Halten Sie mich für einen unzuverlässigen Menschen, sehe ich so aus?“

Provozierend beugte Timo seinen Oberkörper ein Stück vor, fixierte den Mann im Chefsessel mit eisernem Blick. Eine Geste, die fast jeden einschüchterte und wenn nicht, für den nötigen Respekt sorgte. Ohne auf eine Aufforderung zu warten, nahm Timo vor dem massiven Tisch Platz, auf dem Papierkram, aufgetürmt zu mehreren Haufen, herum lag. Ein Ordnungsfanatiker schien dieser Mann nicht zu sein, eher der Typ Macher, was seine an mehreren Stellen verschmutzte Arbeitskleidung suggerierte. Nicht jeder war zur Schreibtischarbeit geboren, so er selbst, Timo der Naturbursche, dessen Hände sein Werkzeug waren. Der Tiger in ihm machte ihn zu einem körperbetonten Wesen, das von Schreibkram wenig Plan hatte.

Der Mann mit den vielen lichten Haarstellen, Zeugen seines fortgeschrittenen Alters, räusperte sich.

„Ähm, natürlich halte ich Sie für zuverlässig, sonst hätte ich Sie nicht eingestellt. Aber dass jemand nicht oder unregelmäßig zur Arbeit kommt, passiert leider öfter als Sie denken, weil die keine Lust mehr haben, sich bei der Arbeit schmutzig zu machen. Und sie haben Angst, sich zu verheben oder sich ihre Fingernägel abzubrechen. Es gibt die absurdesten Gründe, die Couch einem handwerklichen Job vorzuziehen. Die meisten Menschen wollen ohnehin lieber was am Computer machen, besonders die jungen Leute. Ist für mich schwer, Nachwuchs zu finden und meinen Kollegen geht es da wie mir. Aber was soll man machen!?“

Ein ehrliches Lächeln schlich sich auf Timos Gesicht, was ihm beim Chef Sympathiepunkte einbrachte. Mit ihm würde er es leicht haben, hatte er doch bereits jetzt ein Stein im Brett.

„Ich arbeite am liebsten mit meinen Händen, mein Körper ist mein Kapital. Es ist ein Körper, der zur Arbeit gemacht wurde, gestählt, falls Sie verstehen.“

Der Chef lehnte sich hinter seinem Schreibtisch zurück und faltete die Hände wie zum Gebet im Schoß, wirkte zufrieden.

„Jan wird Sie instruieren. Heute geht es zu einer Villa, bei der das Dach neu eingedeckt werden muss. Abreißen und neu eindecken, da haben Sie diese Woche auf jeden Fall gut zu tun. Michael und Tom sind ebenfalls in Ihrer Gruppe. Untereinander sind alle per *du*, ich als Chef bin außen vor, bis wir uns besser kennengelernt haben. Während der Probezeit bleiben wir beide beim Sie, das ist in meinem Betrieb Tradition, ist also nichts Persönliches."

„Das klingt gut. Dann auf gute Zusammenarbeit."

Lächelnd erhob sich Timo, das Tier in ihm freute sich auf Auslastung. Um es am Ausbrechen zu hindern, musste Timo unter Strom stehen, denn seinem Tiger wurde schnell langweilig. Am liebsten tobte er nachts durch die Wälder, dann, wenn jede Menschenseele schlief. Jägern ging er geschickt aus dem Weg, witterte sie Kilometer gegen den Wind, ebenso seine Beute, die er am liebsten im Wald erlegte und vor Ort verschlang. Fleisch aus Massentierhaltung verschmähte er, gequälte Tiere schmeckten ihm nicht, da mimte er lieber den Vegetarier. Durchaus aß er fleischlos, als Mensch mochte er das.

Hinter ihm fiel die Tür mit einem hohlen Klack ins Schloss. Von Weitem erklangen die Stimmen seiner Kollegen, sieben an der Zahl, drei weitere hatten derzeit Urlaub. Eine dieser Stimmen bescherte ihm eine Gänsehaut. Tom. Der schüchterne Kerl, der mit Michael gemeinsam in der Kneipe gewesen war. Die Männer, die später in die Kneipe gekommen waren, waren ihm suspekt erschienen. Sie gehörten zu den Wilderern. Obwohl er sich am liebsten vor Ort auf die Mistkerle gestürzt hätte, hatte er sich zusammengerissen. Wäre sein Tier gestern Abend ausgebrochen, hätte er verloren. Sachverstand und Geduld hießen die Säulen seines Plans. Seine Familie hatte ihm gezeigt, wie er agieren und reagieren musste.

Dieser Tom spielte auf seiner Seite, auf der guten. Ja, verdammt, er würde auf das scheißen, was er zuerst wollte, nämlich die Beine stillhalten, würde Toms Vertrauen gewinnen und mit ihm gemeinsam für die gute Sache kämpfen. Ihm war durchaus bewusst, dass die verdammten Wilderer den Verlust ihres Kumpels nicht einfach hinnahmen.

***

Jan instruierte die Mitarbeiter, bildete zwei Gruppen, der größeren Gruppe gab er die Anweisung, zur Villa Leferink zu fahren. Unter den Kollegen in seiner Gruppe befand sich Timo, was Tom erfreute. Er machte sich gut, fand Tom, er verhielt sich wie ein alter Hase, jeder Handgriff saß, während er selbst sich öfter noch unsicher gab. Erlaubte es Zeit und Arbeit, linste er zu Timo rüber, der ihn wie magisch anzog. Jede einzelne Bewegung, jeder spielende Muskel unter dem mittlerweile schmutzig gewordenen Arbeiterhemd unter dem Blaumann machte ihn an. Schweiß glitzerte auf seiner Stirn, den er sich in schöner Regelmäßigkeit mit dem Arm wegwischte. In der Hitze des Sommers wäre der Schweißausbruch weniger aufgefallen als jetzt im nasskalten November. Seine Hitze hatte mit der anstrengenden Arbeit weniger zu tun als mit dem scharfen Mann in seiner Nähe.

„Hey Tom, nicht schlafen, arbeiten!"

Erschrocken zuckte er zusammen, als ein harter Schlag ihn in den Nacken traf und ruckte mit weit offen Augen zu Jan herum.

„Du wirst nicht fürs Rumstehen bezahlt, Junge. Noch ist deine Probezeit nicht um, an deiner Stelle würde ich einhundert Prozent geben." Noch bevor Tom antworten konnte, redete Jan weiter: „Was anderes, hast du dir überlegt, ob du bei der Jubiläumsfeier dabei bist? Cheffe hat extra den Kneipensaal gemietet." Der stete Blick in seine Augen nahm tadelnde Ausmaße an. Unsicher schluckte Tom, rieb sich die verschwitzten Hände. Zum Teufel, er würde seinen Freunden für den Freitagabend absagen müssen, denn Jan würde ein *Nein* nicht gelten lassen. Er hatte bis zuletzt gehofft, mit Sina und Marke bei den Wilderern weiterzukommen, das konnte er sich bei einer Zusage abschminken. Trotzdem bangte er bis zur letzten Sekunde, ehe seine Hoffnungen mit Jans nächsten Worten zerschmetterten.

„Der Chef fasst es negativ auf, wenn jemand absagt. Solange es kein Geburts-

29

tag eines nahen Angehörigen ist, duldet Herbert keine Absagen, glaub mir mal, ich weiß es aus eigener Erfahrung."

Jan drückte Tom in eine dunkle Ecke neben einen Schuppen. Durch die milchigen Fensterscheiben des Holzschuppens neben der Villa erkannte Tom ein Fahrrad und Umrisse von Gartengeräten.

„Es wäre gut, wenn du dabei bist. Vielleicht ist es eine kleine Entscheidungshilfe für dich, wenn ich dir sage, dass der Neue ebenfalls dabei sein wird, sofern er sich nicht gerade in seiner ersten Arbeitswoche ins Aus schießen will. Es wird ein reiner Männerabend."

„Was ist mit der Familie vom Chef?"

„Herberts Frau und seine beiden Kinder sind nicht anwesend, waren sie noch nie. Der Sohn studiert in Hamburg Management, er will höher hinaus, in eine große Firma einsteigen. Seine Tochter will die Firma später übernehmen, macht noch ihr Abitur. Herberts Frau und eine Angestellte, die meistens von zuhause aus arbeitet, kümmern sich um die Buchhaltung und schriftliche Dinge, das nur als groben Überblick für dich, damit du nicht ohne Wissen dastehst, falls dich mal jemand fragt. Der Neue bekommt von mir auch noch eine Instruktion diesbezüglich."

Eigentlich interessierte es Tom nicht, hatte er doch mit dem Büro und den schriftlichen Aufgaben gar nichts am Hut.

„Es klingt so, als wäre es entschieden mit der Feier."

Wieder schlug ihm Jan auf den Rücken.

„Sehr gut, hast schnell gelernt, worauf es ankommt … dem Chef in den Allerwertesten zu kriechen, ohne dass er es merkt. Wenn ihr, du und der Neue, ein paar Dinge beherzigt, werdet ihr lange Freude am Job haben. Dir geb ich noch den Tipp, es dir mit Florian nicht zu verscherzen. Im Ernst, der vergisst nie."

„Was meinst du damit?"

Schüchtern sah Tom zu Jan auf, der ihn um einen Kopf überragte.

„Na die Abmahnung oder glaubst du, er redet darüber nicht mit seinen Kollegen?"

In Jans Miene lag eine Spur von Mitleid und Tom schwante Übles. In seinem Magen grummelte es.

„Was ist denn mit der Abmahnung?", fragte er vorsichtig und schluckte.

„Er ist echt angepisst deswegen, aber das kannst du dir bestimmt vorstellen." Die Art und Weise wie Jan sprach, als wäre es seine schuld, dass der Kollege wütend auf ihn war, machte ihn selbst wütend. Was bildete sich Florian ein, erst über Schwule hetzen, ihn bedrohen und sich im gleichen Atemzug denken, seine Hetze würde ohne Folgen bleiben? Tom ließ sich einiges gefallen aber irgendwann war bei ihm der Ofen aus und der Kollege hatte schlimme Dinge gesagt. Gemeinheiten, über die er nicht mehr nachdenken wollte, doch seine Emotionen kochten über und es platzte aus ihm heraus.

„Er hat mich beleidigt und gemeint, dass Schwule in die Gaskammer gehören. Wer so etwas sagt, muss doch mit Konsequenzen rechnen, oder siehst du das anders?"

Mit beiden Händen packte Jan Tom an den Schultern und drückte ihn gegen die Wand noch weiter in die Ecke.

„Was ich persönlich meine, interessiert den Kollegenkreis leider nicht, also muss ich mich anpassen."

„Muss ich dann wohl auch."

Gedemütigt senkte Tom den Blick, verlor an Mut, den Job weiterzumachen. Wäre Timo nicht ab sofort mit dabei, hätte er vielleicht sogar hingeschmissen. Auf Stress und Magenschmerzen hatte er keine Lust und eigentlich hatte er geglaubt, in der Firma alt zu werden. Das Leben war zu kurz, um es sich von infantilen Arbeitskollegen verderben zu lassen. Florians Beleidigung vor ein paar Tagen verdarb seine Freude an dem Job, wirkte wie der vergiftete Apfel im Märchen.

„Wir versuchen hier alle, miteinander auszukommen, ohne uns gegenseitig an den Karren zu pissen. Also muss man auch mal was runterschlucken, was einem nicht so schmeckt. Verstehst du?"

Jans intensiver Blick zwang Tom in eine Art Schutzhaltung. Instinktiv machte er sich keiner, zog seinen Kopf zwischen die Schultern wie eine Schildkröte.

„Soll das heißen, ich hätte mir das, was Florian gesagt hat, gefallen lassen sollen, mich von ihm als Schmutz beschimpfen lassen? Mich wie ein Mensch dritter Klasse behandeln lassen? Hallo? In Florians Augen gehören Schwule und Lesben in die Gaskammer, Menschen wie du und ich. Das ist nicht mal eben daher gesagt, Mann, das ist böswillig und abartig.“

„Jan, Tom, wo seid ihr?“, rief einer der Kollegen.

Auf dem Kies näherten sich knirschend Schritte.

Die Hände zu Fäusten ballend, schluckte Tom seinen Ärger herunter. Was blieb ihm übrig? In ihm brodelte es weiter. Gott, am liebsten würde er den Vorfall mit Florian vergessen, so tun, als hätte er nie stattgefunden. Bis eben hatte das ja auch ganz gut geklappt, aber genug war genug. Bevor er gehen konnte, hielt ihn Jan ein letztes Mal zurück.

„Das ist ein Rat von mir, Tom, den ich dir nicht nur als Arbeitskollege mitgebe. Hüte dich vor Florian, gehe ihm, wann immer es möglich ist, aus dem Weg und gib ihm keine Möglichkeit, mit dir alleine zu sein.“

Sanft klopfte Jan ihm auf die Schulter, ehe er ging.

„Hey, wir sind hier. Tom hatte eine Frage zur Dachstabilität, die ich ihm beantwortet habe. Wir sind aber fertig.“

Vor Wut zitternd fuhr sich Tom mit beiden Händen über die Wangen und lauschte um die Ecke, meinte zu hören, wie der Andere sagte: „Pass bloß auf, nicht dass Tom dich anspringt und küsst. Man weiß ja nie.“

Kurz darauf erklang das Gelächter beider Männern, ehe die Fußschritte auf dem Kies leiser und leiser wurden. Alleine mit sich und seinen Gedanken, atmete Tom tief ein und langsam wieder aus.

„Mit meiner Homosexualität haben mehr Kollegen Probleme, als ich dachte. Schade.“

Es war eine Feststellung, die an seinem Selbstwertgefühl nagte, gleichzeitig aber auch seinen Kampfgeist weckte.

Wie es wohl Timo handhabt, wenn ihm jemand schwulenfeindlich kommt?

Der Mann strotzte vor Selbstbewusstsein, musste Tom neidisch eingestehen, während er selbst der unsichere Duckmäuser war. Nein, Timo würde sich nichts gefallen lassen, rigoros gegen Unrecht vorgehen.

„Jetzt erst recht!"

Als er sich sicher war, dass ihn niemand sah, reckte er seine zur Faust geballte rechte Hand in die Luft.

„Ich lass mich von euch nicht unter kriegen, zeigt Respekt vor Menschen, die in euren Augen anders sind. Wir sind ein freies, offenes Land und das ist gut und richtig so."

Er ignorierte die Blicke dreier Kollegen, die zur Mittagspause mit Vesper und Zigaretten auf einer Bank im Garten saßen und arbeitete weiter. Genau wie er, arbeiteten Jan und Timo weiter. Sein Magen knurrte zwar, aber das hatte Zeit. Wie er es von Anfang an gewohnt war in der Firma, machte erst eine Hälfte eine halbe Stunde Mittagspause, danach war die andere Hälfte dran. So garantierte Herbert seinen Kunden jederzeit arbeitende Angestellte. In den beiden Mulden auf dem riesigen Rundparkplatz der Jugendstilvilla sammelten sich die alten braunen Dachpfannen. Die Hälfte des Hauses hatte kein Dach mehr, nur die Verstrebungen schimmerten durch wie Rippen eines Dinosauriers.

„Willst du keine Pause machen?", fragte irgendwann eine angenehme Stimme, die in seinem Innersten ein wohliges Prickeln auslöste.

Timo!

„Ähm, wie spät ist es?"

Es herrschten keine zehn Grad an diesem diesigen Tag und Tom schwitzte trotzdem wie ein Berserker, jetzt allerdings wegen der körperlichen Anstrengung. Timo hingegen schien die Arbeit nichts anzuhaben, er trug sein Hemd hochgekrempelt unter der Arbeitskleidung, was seine Muskeln betonte. Der Stoff war zum Zerreißen gespannt, der Anblick bewirkte beim Schlaksigen einen Schub direkt in die Lenden.

„Du schuftest seit einer Stunde, hast das halbe Dach alleine runtergerissen", lachte Timo.

Dieser sexy Blick machte Tom wild vor Sehnsucht, in seinem Bauch kribbelte es wie verrückt. Gott, er kannte diesen Mann erst seit dem Abend in der Bar und hatte sich innerhalb von Sekunden in ihn verknallt.

So fühlt sich Verliebtsein an.

Was er an Timo schätzte, war, dass er trotz seiner sexuellen Gesinnung keinen auf eitel oder feminin machte. Timo war ein ganzer Mann, ein Tier in Menschengestalt, besser konnte er es nicht beschreiben. Wie nah er damit an der Wahrheit lag, ging ihm ab.

Bis in die Fingerspitzen spürte der Gestaltwandler die Verbundenheit zwischen Tom und ihm. Der Tiger suchte die Vorherrschaft, verlangte die Nähe zu dem Mann, der da emsig arbeitete, während die Kollegen ihre Brote vertilgten und Zigaretten dampften. Er selbst arbeitete weiter, verspürte keinerlei Lust, sich zu den pausierenden Kollegen zu setzen. Neben Tom und ihm arbeitete noch der unter kreisrundem Haarausfall leidende Ben, ein Mann in seinen Fünfzigern mit Schnurrbart. Gemütlich pfiff er beim Arbeiten vor sich hin, ließ sich von nichts und niemandem ablenken, ein typischer Arbeiter. Von ihm hatten weder Tom noch Timo etwas zu befürchten.

„Echt, wie spät ist es denn?"

„Gleich vier", sagte Timo, der keine Armbanduhr trug, denn sein Tier wusste, wie spät es war, besaß einen inneren Kompass.

„Dann muss ich wohl langsam mal was essen, bevor ich vor lauter Schwäche von der Leiter falle. Leistest du mir Gesellschaft?"

„Klar, ich hab wie du noch keine Pause gemacht. Die anderen Jungs sollten jetzt langsam mal weiterarbeiten, ihre Zeit ist um."

Wie lange er nach seiner letzten Pause bereits wieder arbeitete, war Tom entgangen, ebenso, wie lange seine Arbeitskollegen schon faulenzend im Garten hockten. Der Eigentümer der Villa war tagsüber nicht anwesend, so fiel es nicht auf, wenn der ein oder andere seine Pausenzeit überzog. Für Tom und Timo kam trödeln aus Prinzip nicht infrage.

„Macht ihr immer noch Pause?", fragte Timo ohne Scheu, als sie die anderen

Männer erreichten.

Sein Blick war eindringlich, seine Körperhaltung kampfeslustig. Nein, er würde sich nicht dumm anmachen lassen, eine Tatsache, die Tom imponierte.

Nach etwas Murren und Knurren machten sich die Männer an die Arbeit. Dass sie ihre halbstündige Pause um einiges mehr als ein paar Minuten ausgereizt hatten, taten sie unisono mit: „Wir haben die Zeit vergessen, sorry", ab.

„Das passiert kein zweites Mal", wies Jan seine Leute zurecht. „Wenigstens sind wir insgesamt gut in der Zeit, was ein Verdienst von ihnen ist." Mit dem Kinn wies er zu Tom, Timo und Ben. „Faulenzen ist nicht, also rann an den Feind!"

In der Mitte der Pausenrunde lagen Zigarettenkippen und Brotpapier. Tom hoffte, dass die Männer ihren Müll selbst entsorgten. Für ihn war es ein Unding, seinen Dreck einfach irgendwo liegenzulassen. Warum warfen die Kollegen ihren Abfall nicht gleich in die Mülltonne, die keine zehn Meter entfernt unter dem Carport stand?

„Sag mal, bist du zur Jubifeier eingeladen?"

Timo verzog den Mund, was Tom Antwort genug war. Man hatte ihn gefragt und er schien genauso wenig begeistert zu sein wie er.

„Jan hat mir nahegelegt, zuzusagen, weil der Chef Absagen negativ auffasst, als Desinteresse an der Firma", sagte Tom, woraufhin Timo nickte.

„Genau, so ähnlich hat sich Jan auch bei mir ausgedrückt. Privates hintenan stellen, sofern es nicht etwas wirklich Wichtiges ist, wenn es um Firmenfeiern geht."

„Gehen wir zusammen hin?"

Toms Nackenhärchen stellten sich auf, das Kribbeln ging ihm bis in die Zehen. Was genau ihn derart zu Timo hinzog, darauf konnte er sich keinen Reim machen, es fühlte sich übernatürlich an. Ob es dem Neuen ähnlich erging, fühlte Timo sich auch von ihm wie von einem Magneten angezogen?

„Mal sehen."

Tom beobachtete, wie Timo nachdenklich in seine Arbeitstasche starrte und die

Hände ineinander rieb, als ringe er mit sich.

„Hast du nichts zu essen mit?"

„Doch doch."

„Oder wonach suchst du?"

Von einer zur anderen Sekunde veränderte sich die knisternde Stimmung zwischen den beiden Männern in bedrückt.

„Du siehst nachdenklich aus. Ich hoffe, es liegt nicht an mir", brachte Tom raus, linste schluckend zu Timo, der nach wie vor in die offene Tasche starrte, als läge dort ein Bannstein.

„Nein, nein, alles gut, mir ging gerade etwas … ähm, durch den Kopf."

Wie von einem unsichtbaren Wesen verfolgt, sprang er plötzlich ruckartig auf.

„Bin gleich wieder da."

Das Gebaren des Tigers zwang ihn zur Flucht, diese massive Sehnsucht nach körperlicher Nähe zu Tom peitschte durch seine Venen wie ein Lavastrom. Er nahm den leicht süßlichen Körpergeruch vermischt mit Männerparfum wahr, was auf seinen Tiger wie Aphrodisiakum wirkte. Seine beginnende Erektion würde er mit eiskaltem Wasser bekämpfen müssen.

Der Besitzer der Villa hatte den Handwerkern eingangs gezeigt, wo sich die Toilette befand, dorthin lief Timo jetzt. Bevor er durch die Tür im Flur zum Gästebad gelangte, hörte er das Rauschen der Spülung. Neugierig öffnete er die Tür, erschnupperte den ranzigen Geruch ungewaschener Haut und einem schlechten Deo. Als er in dem hellblau gekachelten Bad neben dem Waschbecken ankam, ging die Klotür auf und Jan trat heraus, dem eine Zigarette im rechten Mundwinkel hing.

„Moin!"

Asche fiel auf den Boden, Tabakrauch biss sich in Timos Nasenschleimhaut fest. Als er nieste, fauchte sein inneres Tier wütend wegen dieser ätzenden Geruchsbelästigung.

„Gesundheit, Mann!"

Sofort hatte Timo den passenden Spruch parat.

„Auch als Handwerker muss man sich nicht benehmen wie der letzte Prolet“,
sagte er und blieb dicht vor Jan stehen.

Nase an Nase standen sich die beiden Männer gegenüber, Auge in Auge.

„Dafür, dass du neu in der Truppe bist, markierst du ganz schön den Macker.“
Jan drückte Timo von sich, unter seinen Handflächen fühlte sich die Brust
steinhart an.

„Aha, ich bin also ein Macker, weil ich weiß, was Benehmen ist?“
Timo hob fragend das rechte Lid, blickte Jan nach wie vor starr in die Augen,
roch die Furcht, die dem Vorarbeiter aus jeder Pore drang. Seine Iris leuchtete
grün auf, seine Zähne verwandelten sich in Reißzähne, was immer geschah,
wenn die animalische Wut nach draußen drängte.

Hoffentlich verwandelt sich mein Gesicht nicht, hoffentlich bleiben die Tast-
haare weg.

Nervös beobachtete Timo jede Reaktion seines Gegenübers, registrierte das
kleinste Nervenzucken unter dem linken Auge. Ja, er erriet die Gedanken, die
da lauteten: Was geht vor sich? Bloß weg von dem Kerl.

Jan konnte nicht fassen, was vor sich ging. Was stimmte mit dem Neuen nicht?

„Am Ende fällt das schlechte Benehmen auf den Chef zurück. Also, ich würde
euch nicht engagieren, wenn ihr mein Eigentum so wenig respektiert. Rauch
draußen!“

Fauchend machte Timo eine schnelle Bewegung auf Jan zu, der zurücksprang,
aber von der Wand aufgehalten wurde. Uff! Ächzend prallte er mit dem
Rücken ab. Timo kesselte ihn ein.

„Sag nur etwas Negatives gegen mich. Wenn du das Echo abkannst? Genau
dasselbe empfehle ich jedem Einzelnen von euch. Und lasst Tom in Frieden.“

„Sag das Florian und nicht mir, okay?“
Vor Aufregung weiteten sich Jans Augen, der sich hastig aus Timos Umklam-
merung löste.

„Du bist doch hier der Vorarbeiter, bring deinen Leuten Manieren bei, sonst tue
ich es.“

„Florian hört nicht auf mich, ja. Sag ihm das und nicht mir, ich bin kein Nach-
richtenrohr für andere Leute.“

Er warf seine Zigarette ins Klo, wo sie zischend ausging und spülte sie runter,
danach verließ er schnellstens den Toilettenraum.

„Was für ein dummer Mensch“, sprach Timo in die Stille.

Seine Erektion hatte sich von ganz alleine erledigt.

***

Der Rest des Arbeitstages verging zügig ohne Mauscheleien und Streitigkeiten.
Timo fühlte sich gut damit, von Anfang an für klare Verhältnisse gesorgt zu haben, etwas, das ihn seine Familie gelehrt hatte. Sein bester Freund lebte noch
immer in einem geheimen Camp für Gestaltwandler in Indonesien. Manchmal
telefonierte er mit ihm über Skype, hörte sich an, was es Neues gab. Eines Tages würde er zurückfliegen, um gegen den Raubbau an der Natur vorzugehen,
aber zuerst lag seine Aufgabe hier.

Gemeinsam mit Tom.

„Nein, nicht zusammen mit Tom, das wäre schlecht“, sprach er bei sich, während er ein neues Paket schwarz glasierte Dachpfannen via *Baustellen-Fahr-
stuhl,* wie die Jungs das Konstrukt nannten, nach oben schickte. Es handelte
sich um eine Art vergitterte Platte an einem automatischen Flaschenzug. Das
Hadern mit sich und seinen Sehnsüchten nervte ihn, da tat die körperliche Arbeit gut.

Ein paar Stunden später läutete der Feierabend ein, den die Männer, bis auf
Tom und Timo, mit einer Zigarette ausklingen ließen.

„Hast du dir schon überlegt wegen der Feier, ob wir zusammen hinfahren?“

Die Frage brachte Timo aus dem Konzept. Er hatte gehofft, Tom würde ihn danach nicht mehr fragen und einfach alleine hinfahren oder sich von Michael
abholen lassen.

„Ich habe kein Auto, wird also schlecht mit dem Abholen. Nimm dir ein Taxi,
du willst bestimmt was trinken.“

Er redete, während er seine Arbeitsutensilien reinigte, sortierte und zur Seite legte.

„Ein Taxi kann ich mir nicht leisten.“

„Warum nicht?“

„Ich habe mein letztes Geld für eine teure neue Kamera ausgegeben. Für meine
...“

„Brauchst mir nichts zu erklären, ich weiß Bescheid.“

Professionell Wilderer hochzunehmen kostete neben Mut zum Risiko viel
Geld, besonders die speziellen Nachtsichtkameras waren teuer.

„Hast du ein Rad? Wenn ja, können wir zusammen dorthin radeln.“

„Ja, ein Rad hab ich, aber ein sehr altes. Wenn ich mich betrinke, was sehr selten vorkommt, kann ich kein Rad mehr fahren. Trinkst du?“

„Alkoholfreies Bier, ja, aber mir macht das nichts aus. Die Hersteller haben
gute Produkte, da schmeckt man kaum raus, wenn im Bier oder im Radler kein
Alkohol drin ist. Ich mag es ohnehin gern etwas süßer, also trinke ich meist
Radler oder Malzbier. Radler passt besonders zu mir, denn ich liebe es, Rad zu
fahren.“

Er grinste über seine reinweißen Zähne, die Tom einmal mehr an ein Modell
für Zahnpasta-Werbung erinnerten.

„Also ich muss nicht unbedingt etwas trinken, aber ich kann auch Michi fragen, ob er mich mitnimmt, wobei er eher was trinkt, als ich. Immerhin ist es
eine Feier, da wird gesoffen, bis der Arzt kommt. Gerade, weil es unter Handwerkern Tradition ist, das weiß ich aus meinem Ausbildungsbetrieb.“

Dass er dort wegen Schwulenfeindlichkeit gleich nach der Lehre fortging, fand
er, musste Timo nicht wissen. Schlimm genug, dass ein Mensch sich in der
heutigen aufgeklärten Zeit dafür schämen musste, wenn er nicht den gängigen
Konventionen entsprach. Wenigstens hielten seine Eltern zu ihm, was auch
nicht selbstverständlich war in der heutigen Zeit. Markus, ein loser Bekannter,
wurde von seinen Eltern verstoßen, nachdem er sich geoutet hatte, weil er
nicht ins Weltbild der katholischen Familie passte. Seiner Meinung nach waren
sämtliche Glaubensgemeinschaften nichts weiter als eine Farce, denn wenn es

drauf ankam, fielen sie einem in den Rücken. Wie seine besten Freunde Sina und Marek lebte er als überzeugter Atheist und fuhr damit gut. Ob Timo gläubig war? Für ihn sah er nicht danach aus.

„Ich trinke nie dermaßen, bis ich nicht mehr gerade stehen kann und bin Nichtraucher."

„Wenn ich dich irgendwo im Supermarkt gesehen hätte, würde ich genau das Gegenteil denken."

„Klischees sind dazu da, um sie zu brechen", lachte er, was Tom bis in die Eier fuhr. „Der Mensch lebt von Vorurteilen und gibt anderen Menschen oft keine Chance mehr, ihr wahres Wesen zu entfalten."

Fuck! Ich stecke sowas von in der Scheiße. Wenn das so weiter geht, muss ich in die andere Arbeitsgruppe wechseln. Timo macht mich fertig.

„Ich muss keinen Alkohol trinken, um Spaß zu haben", antwortete Tom schnell. „Wenn andere das müssen, sollen sie und wenn Leute meinen, ich sei ein Langweiler, nur weil ich nicht saufe, ist es mir egal. Mir war schon immer egal, was der Mainstream von mir denkt, denn ich bin kein Mainstream und will es auch nicht sein. Egal, dann mögen mich manche Leute halt nicht, ignorieren oder beleidigen mich, was solls, ich bin ich."

Für Timo klang es mehr als überzeugend, aber da schwang auch Enttäuschung in den Worten mit. Niemand sollte sich vor Ausgrenzung und Mobbing fürchten müssen, nur weil er anders liebte oder anders lebte. Für ihn stellte Tom eine interessante Persönlichkeit dar, deshalb wollte ihn sein Tiger wahrscheinlich ganz für sich haben.

„Ich geh gern in die Natur, schwimme in Seen statt in der Badeanstalt, setze mich für Tierschutz ein, gehe mit Hunden aus dem Tierheim spazieren, wenn andere Leute sich zum Shopping in der Stadt treffen. Und anstatt bis sechs Uhr morgens in der Disco meine Zeit zu verplempern, gehe ich mit Freunden …"

Verlegen kratzte er sich den Hinterkopf, grübelte, ob er es sagen sollte, doch ein Blick in Timos warme Augen beendete seine Sorgen.

„Wir gehen an den Wochenenden nachts in den Wald, um … um Wilderer auf

frischer Tat zu ertappen, beziehungsweise Aufnahmen zu machen, die wir der
Polizei übergeben. Ich finde, die tun nicht genug, um Wilderer dingfest zu ma-
chen.“
„Da bin ich bei dir, sehe es wie du in diesem Punkt.“
Plötzlich war Timo ihm ganz nah, legte ihm eine Hand auf die Schulter. Von
dort wanderte Körperwärme durch seinen ganzen Körper. Was eine Berührung
ausmachte! Sein Leib geriet in Aufruhr, das Blut in Wallung. Erstaunt riss er
seinen Kopf hoch, schaute Timo aus großen Augen mit halb offenem Mund an.
Seine Stirn legte sich in Falten.
„Du meinst, du gehst auch auf Wildererjagd? Das wäre ja ein Zufall.“
„Du hast es erfasst.“
Timo nahm seine Hand weg.
„Hey ihr zwei, kommt ihr? Wir fahren zurück in die Firma. Sonst müsst ihr
laufen.“
Jan blickte die beiden Männer auffordernd an, hatte nichts anderes mehr im
Sinn, als wie schnellstmöglich nach Hause aufs Sofa zu gelangen.
„Okay, wir sind gleich da.“
Als Jan um die Ecke verschwunden war, kam Timo Tom ganz nahe.
„Wir unterhalten uns darüber, wenn wir mehr Zeit haben. Lass uns los, ich bin
ausgelaugt für heute.“
Damit war die Unterhaltung beendet. Beide wussten, es verband sie mehr, als
der Job beim selben Arbeitgeber.

3

Die Arbeitswoche verging schnell und am Freitag waren die Jungs ganz wild auf die anstehende Jubiläumsfeier. Herbert hatte seine Firma festlich geschmückt und verteilte an Kunden Jubiläums-Präsente. *So bleibt man bei den Kunden positiv im Gedächtnis*, meinte er. Seine Mitarbeiter erhielten dank des hervorragenden Geschäftsjahres ein dreizehntes Gehalt. Überall wurde gebaut und renoviert, dafür brauchte Herbert Mitarbeiter, auf die er sich verlassen konnte. Was war da motivierender als ehrlich gemeintes Lob und Weihnachtsgeld unterm Tannenbaum? Auch Timo und Tom konnten sich über mehr Geld in Form der Zulage auf dem Konto freuen. Für Tom bedeutete das eine zweite Feststellkamera um Wilderer zu filmen. Es gab verschiedene Kamera-Typen, darunter etliche mit Tarnfunktion, auf die er abzielte. Beste Ergebnisse kosteten leider mehr als die Hersteller für ihre günstigen Produkte aufriefen. Das Weihnachtsgeld freute ihn zwar, motivierte Tom aber nicht zu mehr Elan als es an der Zeit war, sich für die Feier fertigzumachen. Mit einer großen Portion Unsicherheit, gepaart mit Lustlosigkeit, wartete er auf sein privates Taxi in Form von Michael. Für den Rückweg würde er sich ein normales Taxi besorgen müssen, weil Michi nach der Feier mit Kollegen in die Disco wollte. Obwohl Timo ebenfalls eine Abholung angeboten worden war, wollte der mit dem Rad zur Kneipe. Dass Tom ihn nicht begleitete, wie er zuerst vorgehabt hatte, lag schlicht am Zustand seines alten Rades: Reifen platt, Kette verrostet, Bremskabel abgerissen.

Schöner Scheiß!

Draußen war es spürbar kalt. Weißer Dampf trat in Wölkchen aus Toms Mund, während er von einem auf das andere Bein trat, um das Gefühl, jeden Moment zu erfrieren, zu bekämpfen. Vor dem Haus, in dem er zur Miete wohnte, war es ruhig. In den Fenstern brannte kein Licht, scheinbar waren seine Nachbarn nicht da, ein typischer Freitag eben. Andere gingen aus, er nie. Meist saß er auf der Couch oder ging mit seinen Freunden auf die Jagd nach Umweltsündern.

Seit seiner Kindheit besaß er ein ausgeprägtes Umweltbewusstsein, für das er zu seinem Leidwesen nur wenige andere Menschen in seinem Dunstkreis hatte begeistern können. Wenn seine Klassenkameraden feiern gingen, wanderte er mit seinen zwei besten Freunden, seine einzigen Mitstreiter, zeltete und las nebenbei Müll auf. Nie kamen sie von ihren Wanderungen zurück, ohne mindestens einen vollen Sack an Unrat gefunden zu haben.

„Traurig, was aus der Welt geworden ist", raunte Tom, während er in den dunkelgrauen Himmel starrte. „Der Mensch hat in all den Jahren nichts, aber auch gar nichts gelernt, eher im Gegenteil. Er zerstört seine eigene Umwelt und die damit die Natur unwiederbringlich und warum, aus Profitgier. Der Mensch fliegt zum Mond und baut selbstfahrende Autos, aber den Ozean von Plastikmüll zu reinigen, das klappt nicht."

Nachdenklich senkte er den Kopf, kaute auf seiner Unterlippe. Einmal mehr verspürte er akute Unlust auf den Abend in der Kneipe, der ganz sicher in einem Besäufnis mit zotigen Sprüchen endete. Er kannte diese Art von Feiern aus der Firma, wo er zuletzt gearbeitet hatte, diese als Feier getarnten Saufgelage.

„Hey, willst du nicht einsteigen?"

Tom schreckte hoch. Direkt neben ihm röhrte der Motor von Michis getuntem BMW. Er hatte ihn gar nicht auf den Hof fahren hören, derart tief war er in seine Gedanken versunken gewesen. In seiner Fantasie streifte er längst mit Sina und Marek durch den Wald.

Tja, das wird warten müssen.

„Ja, natürlich."

„Bist du müde? Du siehst aus, als könntest du eine Mütze voll Schlaf gebrauchen."

„Wenn das so ist, Schlaf kann ich immer gebrauchen."

Gellend lachte Michael, dessen Parfum wie eine dichte Wolke um Tom schwebte, in seiner Nase kribbelte, Niesreiz auslöste.

Widerlich!

„Schlafen kannst du, wenn du tot bist. Im ernst, steig ein, sonst verpassen wir
die Party noch! Pfui Mann, du bist eine alte Sau!"

Das war eine andere Seite von Michi, der außerhalb des Jobs gern mal mit der-
ben Worten um sich schlug – eine Eigenart, auf die der bodenständige Tom
gern verzichtet hätte. Er hasste Proleten wie die Pest, aber da musste er nun
durch.

„Sorry. Urg."

Er drehte sich zur Seite und nieste ein weiteres Mal. Bevor er Michi noch etwas entgegnen konnte, drehte dieser die Musik – Rap – laut auf. Diese Musi-
krichtung mochte Tom ebenfalls nicht. Am liebsten hörte er zeitlose Musik der
Achtzigerjahre. Genervt und die Augen verdrehend, ging er um den Wagen
herum, der sonor vor sich hin brabbelte und stieg ein. Kalter Zigarettenrauch
hatte sich im Stoff des Wagens eingenistet, Michi nahm den Geruch als Raucher längst nicht mehr wahr.

„Dann wollen wir mal."

Noch bevor Tom sich angeschnallt hatte, raste der Wagen in einer irren Geschwindigkeit vom Hof. Insgeheim sorgte sich der junge Mann um seine Gesundheit. Wenn Michael ihn morgens zur Arbeit abholte, fuhr er gesitteter.

„Aber nicht, dass du nach zwei Stunden nach Hause willst."

Beide Hände umklammerten das Lenkrad, ein wie eingemeißeltes Grinsen
hing in Michis Gesicht.

„Na hoffentlich ist die Straße nicht vereist", raunte Tom und freute sich noch
weniger als zuvor auf den Abend.

Der einzige Lichtblick für ihn war Timo, der genauso wenig Lust auf den
Abend hatte wie er. Er nahm sich vor, sich neben den sexy Kollegen zu setzen
und ihn nach einem Abend zu zweit zu fragen, nach einem richtigen Date. Das
war das, was er wollte, nach dem er sich sehnte. Sofort wurde es eng in seiner
Hose, vor lauter Verlegenheit färbten sich seine Wangen rötlich, also höchste
Zeit, die Beule in der Jeans mit einem Arm abzudecken. Ein Kaschieren war
unnötig, stellte er fest, denn Michael sang das Gebrabbel des in seinen Augen

wenig talentierten Mannes nach und tippte mit den Fingern auf das Lenkrad, wippte dabei mit dem Oberkörper hin und her. Voller Elan versuchte er offenbar eins mit dem Sprechsänger zu werden, schien den Beifahrer ausgeblendet zu haben.

Der Sänger gefiel Tom nicht, was Michi aber hervorbrachte, war grauenerregender als der schlechteste Kandidat einer bekannten Castingshow. Sein saurer Blick weckte nach einer Weile, als der Steife abgeklungen war, Michis Interesse.

„Hey, schau nicht so, Tom, das ist einer der 187 Straßenbande, ein berühmter und beliebter Rapper."

„Kenn ich nicht."

Mit dem Ellenbogen stieß Michael ihn schmerzhaft an, aber er beschwerte sich nicht, würde eh nichts bringen. Timos Anwesenheit bei der Feier war wirklich der einzige Lichtblick des Abends.

„Verflucht, Tom, du bist ein Kulturbanause. Gzuz kennt jeder, der einen guten Musikgeschmack hat."

„Sorry, aber ich kenne den nicht, und wenn du es meinst, dann ist mein Musikgeschmack eben schlecht."

Dann besann er sich auf Fairness, schließlich hatte jeder Mensch seinen eigenen Geschmack, eben auch in Bezug auf Musik.

„Montag auf der Arbeit bringe ich dir einen Stick mit den besten Songs der Straßenbande mit. Vielleicht kommst du auf den Geschmack, wenn du ein paar Songs gehört hast, sowas soll vorkommen."

Statt zu antworten, nickte Tom, denn an dem Stick war er nicht wirklich interessiert. Egal, was er Ablehnendes entgegnen würde, Michael wäre es schlicht egal, der Kerl tat ja doch, was er wollte. Also nahm er es hin und schloss für den Rest der Fahrt die Augen.

Nach zehn Minuten endete die Fahrt vor der grell beleuchteten Kneipe, die das einzige Highlight des Ortes darstellte. Ruppig, sodass es Tom in den Gurt presste, hielt Michael den Wagen neben einem anderen auf dem heute übervollen Parkplatz neben der Kneipe. Die Stimmen der Gäste drangen als Gewirr dumpfer Töne an Toms Ohren.

„Sag mal, musst du so ruckartig bremsen? Mir hat es fast die Brust zerdrückt", keuchte er erschrocken.

„Ach was, du wärst anders nicht aufgewacht und wir wollen ja Party machen, anstatt zu schlafen."

Bevor Tom etwas entgegnen konnte, drückte Michael ihn mit einer Hand auf der Brust zurück in den Sitz.

„Bevor ich es vergesse ...", er schluckte und holte tief Luft, „hüte dich vor Florian. Dass der Chef ihm eine Abmahnung hat zukommen lassen, ist alles andere als gut für dich."

Plötzlich wurde es Tom siedend heiß. Deutlich fühlte er, wie die Hitze in seinem Magen ihren Ursprung nahm, brodelte und sich wie Lava in seinem gesamten Körper ausbreitete, um sich gleich darauf in Eis zu verwandeln. Ihm war heiß und kalt zugleich und innerlich bereitete er sich auf schreckliche Worte vor. In seiner ganz persönlichen Dunkelheit blieb Timo der einzige Lichtblick, ein heller Fleck in absoluter Finsternis.

„Ich hab Florian und zwei Kollegen in der Pause labern gehört. Und ... nun ja, es ist nicht meine Art zu petzen, aber … ich mag dich … irgendwie."

Dem sonst um keinen Spruch verlegenen jungen Mann fiel es schwer, die richtigen Worte zu finden.

Aufgeregt rieb Tom seine Hände, kniff sich ins eigene Fleisch, ohne Schmerzen zu empfinden. Gleich würde Michael es ihm sagen.

„Wenn ich jemanden mag, helfe ich ihm."

„Sag schon, worum geht es, spann mich nicht auf die Folter."

Sein Herz schlug ihm bis zum Hals, der Puls dröhnte in den Ohren und das Mittagessen drohte, wieder hochzukommen.

„Die haben über dich gesprochen. Florian meinte, er würde dich nicht einfach so davon kommen lassen wegen der Sache."

„Es geht um seine Abmahnung?"

War ja klar, es ist die Abmahnung.

„Was glaubst du denn, worum es geht? Hast du ernsthaft geglaubt, der würde Abmahnung und Schelte vom Chef auf sich sitzen lassen?"

Perplex wich Tom Michaels festnagelndem Blick aus, starrte stattdessen die zahllosen Staubkörnchen auf der Ablage vor sich an.

„Aber die Abmahnung ist legitim, immerhin hat Florian sich bösartig über Homosexualität ausgelassen. Kein Chef würde das einfach hinnehmen, es ist mies und sorgt für Unfrieden."

„Sag das nicht mir, ich hab mit dir oder generell mit Homosexualität gar keine Probleme, solange mich kein Mann anbaggert, aber das tust du ja nicht."

„Nein, das würde mir nie einfallen."

Im gleichen Atemzug dachte Tom an Timo, von dem er sich eine Schulter zum Anlehnen ersehnte. Innerlich brannte er vor Verlangen nach Nähe zu dem starken Mann mit dem animalischen Touch.

„Ich meine es gut mit dir, deshalb rate ich dir, in Florians Gegenwart extrem vorsichtig zu sein. Am Besten hältst du dich von ihm fern, redest auf der Arbeit das Nötigste mit ihm und gut ist. Wenn die anderen Kollegen in der Nähe sind, wird er nichts unternehmen können."

Geschockt, weil er dieselbe Warnung von Jan bekommen hatte, starrte er weiter auf das verstaubte Armaturenbrett, ohne es aber wahrzunehmen. War das ein Hinweis auf Bedrohung, eine unterschwellige Warnung vor körperlicher Gewalt seitens Florians? Und wie zum Teufel sollte er Momente dauerhaft vermeiden, mit diesem Mistkerl alleine zu sein? Sie brauchten nur gemeinsam auf dem Dach etwas zu machen und wenn gerade niemand hinsah, dann … Tom erstarrte vor Angst, als er sich vom Dach fallen sah, geschubst von Florian. Ein gruseliger Gedanke, pessimistisch und vielleicht übertrieben, das Schlimmste daran war, er traute es ihm zu. Florian mochte ihn nicht, weil er schwul war, nein, es war mehr als das, es grenzte an Hass.

„Ehrlich gesagt machst du mir damit keinen Mut."

„Pass einfach ein bisschen auf dich auf, ja? Offiziell hab ich dir nichts gesagt, klar?"

Aus seiner Starre gerissen, drehte Tom seinen Kopf zu Michael, der ihm ernst in die Augen sah. In dem Blick erkannte Tom eine Spur Unsicherheit, vielleicht war es sogar Angst vor Florians Rache. Gar nicht auszudenken, was passierte, würde Florian es wissen und sich Michi zur Brust nehmen. Dann wäre der Unfrieden perfekt, womöglich sogar Schlimmeres. Florian neigte zur Gewalt, er würde bestimmt auch nicht davor zurückschrecken, einen Kollegen körperlich anzugehen. Timos Dasein gab Tom sofort ein gutes Gefühl.
Zum Glück hält er zu mir, in seiner Gegenwart fühle ich mich wohl und geborgen.

Als Michael ihm freundschaftlich die Faust gegen die Schulter schlug, ruckte er aus dem Sitz auf.

„Lass dir niemals den Spaß verderben, Kollege. Sollte Florian handgreiflich werden und es bekommt jemand von uns mit, wird die Abmahnung seine geringste Sorge sein. Aggressionen und Körperverletzung duldet der Boss nicht und wird von seinem Recht der außerordentlichen Kündigung Gebrauch machen, darauf kannst du einen lassen."

„Danke, das macht mir Mut", sagte Tom.

Sein Hals fühlte sich rau an, er hustete den *Frosch im Hals* weg.

„Trink dir heute mal Mut an, dann wird es garantiert ein lustiger Abend. Ehrlich, die Abende mit dem Chef sind legendär."

Tom rollte mit den Augen, ehe er sich abschnallte und ausstieg. Blieb ihm ja nichts anderes übrig, denn ein Spielverderber wollte er auf keinen Fall sein.

Beim Betreten der Kneipe dröhnten ihm die Ohren vom Durcheinanderreden der vielen vornehmlich männlichen Gäste. Wenigstens war der Chef so schlau gewesen, einen Saal für seine Sippe zu mieten. Genau dorthin zog Michael ihn jetzt – ein mal quer durch den Raum, vorbei an den Toiletten bis zu einer roten Tür, auf der schlicht *Saal* stand. Von dort drang Gelächter an Toms Ohren, das ihn frösteln ließ, diese Lache hätte er aus hundert Menschen herausgehört. Florian. Sofort kamen ihm Michis Worte in den Sinn, sodass er sich am liebsten zurück nach Hause gebeamt hätte. Ob der blonde Arbeitskollege ihm wirklich bei passender Gelegenheit körperlich gängeln würde? Der Anblick des am Tisch sitzenden Timo ließ ihn erleichtert ausatmen und als er bemerkte, dass der Stuhl rechts neben ihm unbesetzt war, machte sein Herz einen Satz. Unbewusst strebte er den Platz an, übersah dabei etwas am Boden und strauchelte. Florians listiges Grinsen übersah er. Anstatt Bekanntschaft mit dem harten Fliesenboden zu machen, wie es sich Florian erhoffte, fingen ihn starke Arme auf.

„Das war knapp."

Tief wie klare Bergseen schimmerten Timos Augen. Für einige Sekunden blieb für Tom die Zeit stehen, während Adrenalin durch seinen Leib raste. Wow.

„Äh, was ist denn passiert?"

Seinen Kopf schüttelnd, lehnte sich Tom gegen die nahe Wand und rieb sich den Nacken.

„Du bist gestolpert", Timo ging nahe mit seinem Mund an Toms Ohr, „aber nicht über etwas, das auf dem Boden lag, falls du verstehst."

Sein Blick wurde ernst.

„Florian hat mir ein Bein gestellt?", fragte Tom leise, woraufhin Timo mit grimmigem Blick nickte.

„Für ihn lasse ich mir etwas einfallen, versprochen. Der ist außerdem nicht sauber."

„Was meinst du?"

Tom erstarrte.

„Das kann ich dir jetzt nicht erklären. Vertrau mir einfach, ich steh auf deiner Seite! Lass uns den Abend hier durchstehen, dann sehen wir weiter."

Mit diesen Worten wandte er sich ab, setzte sich auf seinen Stuhl.

Tom tat es ihm gleich.

„Guten Abend", begrüßte Michael die Anwesenden.

Der Chef war noch nicht da, ebenso wie drei weitere Kollegen, die nach und nach eintrafen. Das hielt die Anwesenden nicht davon ab, fleißig Bier in sich hineinzuschütten. Es widerte Tom an, wie sich manche hier verhielten, obwohl das im Baugewerbe durchaus normal zu sein schien. Das waren keine feinen Männer wie diese geschniegelten Anzug tragenden Bürohengste, nein, knallharte Kerle vom Bau. Natürlich meinte Tom keinen einzigen seiner negativen Gedanken böse, aber es war eben so. Für diese handwerklichen Jobs brauchte es eine harte Schale, die musste einiges einstecken können. Manchmal fragte er sich, warum er gerade diesen Berufsweg eingeschlagen hatte, denn er war das Gegenteil von hart. Was er aber liebte, etwas mit seinen Händen zu erschaffen. In einem Büro würde er niemals glücklich werden. Und dann gab es da Timo, der ihm so vertraut war, als würde er ihn seit Jahren kennen.

„Da sind ja unsere Süßen", lachte Bernd, der als Letzter die Runde erreichte. Dicht hinter ihm steckte der Chef seinen Kopf in den Raum und grüßte mit einem Klopfen auf den Tisch. Die Männer nickten oder hoben ihre Biere in die Höhe, ein typischer Gruß für robuste Kerle. Verschlossen wie so oft in Gruppen, hielt sich Tom dezent zurück, während er zu Timo linste, der für seinen Chef ein einfaches Kopfnicken übrig hatte. Ja, den Abend hätte man besser verbringen können, als mit sauflustigen Arbeitskollegen, in diesem Sinne brauchte sich Tom nichts vorzumachen: die Kollegenschaft hatte sich hier und heute versammelt, um sich zu betrinken.

Und um Blödsinn zu erzählen, plus Schweinkram rund um Dinge, die die braven Hausfrauen besser nicht mithörten.

Als endlich alle Männer am Tisch saßen, schaute sich Tom einen nach dem anderen genau an. Von den meisten Kollegen wusste er, wer Single war und wer nicht. Drei von ihnen lebten alleine, darunter er, einer lebte mit seiner Freundin zusammen und der Rest hatte Familie. Sicher ging der eine oder andere fremd … Timos stechende Augen trafen ihn wie ein Tritt in die Magenkuhle, er erlebte eine Explosion der Sinne.

„Was wollt ihr trinken?", fragte eine Mittzwanzigerin mit langen, zu einem Zopf zusammengebundenen Haaren.

Gierige Blicke checkten die schlanke Frau ab, zogen sie regelrecht aus, wofür
sich Tom schämte. Als die Frau ihm in die Augen sah, liefen seine Wangen rot
an.

„Eine Cola bitte.“

„Mann, die Getränke gehen heute auf Chefs Kosten, sauf mal einen mit und
zier dich nicht immer so, Junge! Ist uncool mit dir.“

Bevor er sich zu Michael umdrehen konnte, schlug der ihm hart auf den
Rücken. Es schmerzte und am liebsten hätte er ihm ein paar Takte erzählt, aber
er traute sich nicht, Michi vor den Kollegen vorzuführen. Also hielt er mal
wieder den Mund.

„Was ist dein Problem?“, fragte plötzlich Timo.

Sein eindringlicher Blick legte sich auf Michaels Gesicht, tastete es ab, fuhr
hoch bis zu den Augen.

„Was?“

Perplex legte Michael die Stirn in Falten.

Tom schluckte trocken, als Michis bissiger Gesichtsausdruck ihn wie eine
Faust traf. War das derselbe Michael, der ihn vorhin im Auto vor Florian ge-
warnt hatte? Er kam ihm wie verändert vor, wie jemand, der es den anderen
recht machen wollte. Seine Aufmerksamkeit fuhr rüber zu Timo, dem er den
anstrengenden Arbeitstag nicht ansah. Wo der nach der körperlich sehr anstrengenden Arbeit noch genug Kraft und Motivation hernahm, um zurück nach
Hause zu radeln, erschloss sich ihm nicht. Besaß Timo übermenschliche Kräf-
te? Für einen winzigen Moment hebelte sich sein gesunder Menschenverstand
aus, nämlich genau in dem Augenblick, wo Timo Michael mit seinem Blick
aufspießte.

Es war, als stünde die Zeit still, niemand atmete, niemand redete.

All seine Härchen stellten sich auf, Tom fühlte sich wie in einem Vakuum gefangen, bis er zuerst die stickige Wärme des Raumes wieder bemerkte, dann
das Gewirr der Stimmen hörte; ein lautes Lachen, das ihn zusammenzucken
ließ.

„Dein Problem, danach habe ich dich gefragt?“, blieb Timo ruhig.

Nur sein rechter Mundwinkel zuckte leicht.

„Ich, ähm, ich … meinte ja nur, Tom kann ein Bier trinken, damit er, lockerer wird. Etwas.“

Nervös rieb sich Michael die Hände, der gewöhnlich Tacheles mit Leuten redete, die seine Meinung nicht teilten.

„Wenn Tom aber Cola möchte.“

Timo hob seine rechte Braue, löste den Augenkontakt mit dem anderen Mann keine Sekunde lang.

Michi schluckte, Schweiß rann ihm über die Stirn. Wohl kaum wegen der Hitze, spekulierte Tom, es lag an Timo und der Art, wie er ihn fixierte.

„Na ja, du hast recht, dann, dann möchte er Cola und kein Bier.“

Das große Stottern begann und noch mehr Schweiß rann über Michis Stirn, die Wangen hinab, perlte von seinem Kinn.

„Genau Michi, wenn er kein Bier möchte, soll er doch die braune Suppe trinken. Ich kauf mir auch lieber Cola und sauf mich breit.“

Bernd brach in Gelächter aus, schlug sich auf die Schenkel und steckte die anderen an, bis Herbert unterbrach.

„Jetzt reicht es aber, meine Herren! Wir sind hier, um unser Jubiläum zu feiern und nicht, um sich über einzelne Kollegen lustig zu machen.“ Bevor jemand Einwände bringen konnte, redete er weiter: „Wenn einer das anders sieht, steht es ihm frei, zu gehen. Unruhestifter brauch ich nicht, haben wir uns verstanden?“

Der Reihe nach sah sich Herbert seine nun still dasitzenden Leute an. Niemand wollte den Abend, der nicht mal richtig angefangen hatte, beenden, bevor nicht wenigstens das Bier in Strömen geflossen war.

„Ja Chef“, sprach Vorarbeiter Jan, danach die anderen Jungs einer nach dem anderen, was den alten Herbert zum Grinsen brachte.

„Dann hoch die Tassen und auf sie mit Gebrüll!“

Irgendwann erwähnte einer der Kollegen, dass dieser Spruch für den Chef Kult war, er läutete Feierabend und Spaß ein. Tom hoffte nur, dass er durch den Vorfall nicht bei den anderen Kollegen auch noch in Ungnade gefallen war. Eigentlich gab es keinen Grund dafür, denn Timo hatte sich für ihn eingesetzt. Ihm gefiel das, Michi aber fühlte sich bestimmt in den Rücken gefallen, doch das war nicht sein Problem. Und was kümmerte es Michi überhaupt, was er trank?

„Trink ruhig Cola, man muss keinen Alkohol trinken, um Spaß zu haben. Zumindest wir nicht", flüsterte Timo ihm ins Ohr.

Die Worte kamen gedämpft, wie durch Watte, bei ihm an, anders der warme Atem, der seine Haut streichelte. Prickelnde Hitze durchfuhr seinen Körper mit der Geschwindigkeit einer Abschussachterbahn. Verflucht, er sehnte sich nach Zweisamkeit mit diesem Mann – jetzt.

Zauberkräfte müsste man haben, sich fortbeamen können ... hach.

„Wir kommen früh genug zusammen."

Da war es wieder, das Kribbeln, das ihm in jede Faser seines Körpers drang, dann dieser Blick, diese funkelnden Augen. Wären da nur nicht die Kollegen, die sich betranken und lachten. Bis das Essen kam, das ihn aus seinen Gedankenspielen und die Männer aus ihren Unterhaltungen riss. Für eine halbe Stunde beherrschte das Klappern von Gabeln und Messern auf Tellern den Saal. Hin und wieder rülpste einer, Männer vom Bau eben. Es wunderte Tom inzwischen, warum keiner der Anwesenden furzte, aber wahrscheinlich taten sie sogar das heimlich am Tisch.

Timo rettete seinen Abend vor dem absoluten Absturz.

Immer wieder nippte er an seiner Cola, seine Blase füllte sich, bis er den Druck nicht mehr aushielt. Endlich, da war sie, die Gelegenheit, um aufzustehen und sich die Beine zu vertreten. Insgeheim hoffte er, Timo würde ihm nach draußen folgen. Seine Fantasie verselbstständigte sich ... Timo drängte ihn in eine dunkle Ecke, küsste und streichelte ihn, zerzauste sein Haar und stöhnte dabei wie ein brünstiges Tier. Gott, was für eine Vorstellung. Sein Schwanz versteifte sich, drohte, seine Hose zu sprengen. Zum Glück trug er eine schwarze Jeans.

„Alles okay bei dir?"

Tom fuhr zusammen, drehte seinen Kopf, schaute direkt in diese warmen Augen, die ihn um den Verstand brachten. Ihm wurde unerträglich heiß.

„Ich … ich, ähm, ich muss kurz austreten."

Seine geröteten Wangen brannten. Peinlich berührt drückte er den Stuhl zurück und stand auf, um den Raum mit der verbrauchten Luft zu verlassen. Tom glaubte, zu ersticken. Ohne zu schauen, ob Timo ihm folgte, hetzte er Richtung Ausgang auf die Rückseite der Kneipe zu, lechzte nach frischer Luft. Der Gang schien sich ins Endlose zu schrauben, schmaler und schmaler zu werden und für einen Moment glaubte Tom, die Wände würden ihn zerquetschen. Als er die Tür erreichte, die Klinke packte und die Tür aufschob, fühlte er sich befreit, flog regelrecht nach draußen, wo Luft kühl auf sein verschwitztes Gesicht traf. Beinahe stürzte er, im letzten Augenblick hielt er sich an einem Balken fest, stützte sich ab, den Kopf gesenkt. Sein Atem ging hektisch, sein Rücken vibrierte regelrecht. Sein Atem trat in weißen Wölkchen aus seinem Mund. Nach ein paar Sekunden stieß sich Tom vom Balken ab, schnappte Luft und hob den Kopf, um einen Blick in den von Sternen erleuchteten Himmel zu erhaschen. Er schloss die Augen und dachte sich weg, zurück nach Hause auf das heimische Sofa. Kuscheln mit Timo bei einem spannenden Film oder in angenehmer Atmosphäre mit Musik.

„Timo und ich auf dem Sofa?"

Normalerweise wäre er um diese Zeit mit Marek und Sina unterwegs gewesen, also, warum dachte er nicht an sie?

„Ich kenne Timo kaum, will aber mehr mit ihm machen, als bloß reden."

Ein Zustand, den man ändern kann. Lade ihn zu dir auf eine Coke zum Kennenlernen ein.

„Gute Idee", sprach Tom bei sich, ehe er sich umsah, aber niemanden sah, was ihn enttäuschte.

Insgeheim hatte er gehofft, Timo würde ihm nach draußen folgen. In seiner

Fantasie hielt er keinen Plausch im Freien, sondern es ging ordentlich zu Sache. Statt bei den schmutzigen Gedanken einen Steifen zu bekommen, drückte die Blase wie verrückt, was die Erektion im Keim erstickte. Fluchend strebte Tom die Toilette an, die sich in einem Holzhäuschen mit eingeschnitztem Herzchen befand.

„Wie niedlich."

Für Mieter des Saales gab es hier hinten diese gesonderte Toilette. Zu Toms Überraschung erwartete ihn kein stinkendes, dreckiges Klo wie auf so mancher Baustelle, sondern eine saubere weiße Kloschüssel und der Duft nach Zitronenreiniger. Wie automatisiert ging der Vorgang vonstatten, bis der erlösende Strahl unter erleichtertem Gestöhne in der Keramik landete.

„Das war höchste Eisenbahn."

Er schloss den Hosenstall und wusch sich die Hände, dann öffnete er die Tür und trat zurück in die Kälte. Gleich würde er wieder bei den anderen Männern sein, neben Timo sitzen, der ihm den Abend versüßte. Freudig erregt rieb er die Handflächen aneinander, spürte dem Kribbeln in seinen Eingeweiden nach. Dann merkte er, wie sich etwas über seinen Mund legte. Timo? Das Kribbeln verstärkte sich, drang bis in seine Hoden. War er gekommen, um mit ihm in einer Ecke eine heiße Nummer zu schieben? Als der Druck auf seinen Mund nicht nachließ, geriet er in Panik. Jemand wirbelte ihn herum, drängte ihn brutal gegen die Wand. Kurz blieb ihm die Luft weg, so heftig prallte er mit dem Rücken gegen die Mauer. Sein Kopf folgte, Sterne tanzten vor seinen Augen. Bunte Sterne. Angst vor Ohnmacht ergriff ihn. Sein Angreifer, es war auf keinen Fall Timo, presste ihn gegen die Wand, hielt ihn aufrecht. Dann starrte er in Florians erregt glitzernde Augen, roch seinen Bieratem, was ihn würgen ließ. Was wollte er von ihm? Sie waren alleine.

Situationen unbedingt vermeiden, in denen du mit Florian alleine bist.

Eine Warnung, die nichts mehr wert war, denn genau dieser Moment war jetzt eingetreten. Wie eine Flutwelle begrub die Furcht Tom unter sich.

„Ich weiß, was du und deine Freunde im Wald treiben und ich gebe dir einen gut gemeinten Rat."

Tom fehlten die Worte, seine Kehle fühlte sich wie zugeschnürt an, der Hals trocken. Nicht mal schlucken konnte er. Im halbhellen Licht einer nahen Wandlampe glomm ihm der pure Hass aus Florians Augen entgegen.

„Lasst eure Aktionen oder du wirst es bitter bereuen, Junge. Kein Wort zu den anderen, ja."

Abrupt ließ der Mann ihn los und Tom glitt an der Wand zu Boden, der Augenkontakt riss nicht ab.

„Ich, ich, weiß nicht … was du meinst?"

Knurrend hockte Florian sich zu Tom, sein ranziger Atem wehte ihm entgegen, was das Rumoren in seinem Magen verstärkte. Er stand kurz davor, sich auf Florians Schuhe zu entleeren.

„O doch, du weißt ganz genau, wovon ich rede und falls nicht, geh mal in dich, dann wirst du es wissen. Stichwort Viecher, mehr sag ich nicht."

Bevor er etwas erwidern konnte, stand Florian auf, bedrohlich groß, breitbeinig und mit in die Seiten gestemmten Händen, wie ein Riese. Sein Oberkörper lag bis zur Hüfte im Schatten, was seine Erscheinung bedrohlicher machte, als sie es für Tom ohnehin schon war. In seinen Ohren rauschte es, bis sie sich taub anfühlten, als wäre sein Hirn von Watte umhüllt.

„Lass es gut sein, widme dich deinem neuen Sonnyboy, lass dich von ihm in andere Sphären vögeln, Hauptsache du kümmerst dich in Zukunft um deinen eigenen Kram."

„Und wenn ich es nicht mache?", schoss es aus ihm heraus.

Florian beugte sich tiefer zu ihm, sodass er wieder diese bösen Augen vor sich hatte. Stechende Augen.

„Die werden dein Leben zur Hölle machen, Junge, dich ficken. Du … ach was, ihr, deine Freunde und du, ihr wisst nicht, mit wem ihr euch anlegt."

Natürlich wusste Tom, von wem Florian redete, von den Wilderern, aber was hatte Florian mit den Männern zu tun? Plötzlich übermannte ihn Wut, die sich kanalisierte und schließlich an die Oberfläche brach.

„Was willst du damit andeuten?"

Stille. Mit erwartungsvollem Blick wartete Florian auf weitere Worte, grinste schief.

„Ich lasse mich von dir nicht einschüchtern. Keine Ahnung, was du mit der Sache zu tun hast, Florian, aber sag *deinen Freunden,* dass sie mich mal am Arsch lecken können. Wir werden nicht zulassen, was ihr den Tieren antut, dass ihr sie tötet und ihnen das Fell abzieht."

„Du hast es nicht anders gewollt."

„Wie meinst du das?"

Florian ruckte vor, geriet mit seiner Nase gegen Toms Wange, woraufhin der angeekelt den Kopf zur Seite drehte.

„Wenn du das Echo abkannst, mach weiter wie bisher, wirst sehen, was du davon habt. Deine Freunde werden nicht verschont."

„Bist du einer von denen?"

Von drinnen drangen dumpfe Geräusche der Gäste an Toms Ohren, die plötzlich doppelt so laut klangen. Vor Angst schmorte er innerlich, glaubte, jeden Moment in seinem eigenen Körpersaft zu ertrinken.

„Nein, aber ich kenne sie gut genug, um dich zu warnen. Mach was draus, Kumpel, ich geh wieder rein."

Als wäre nichts gewesen, drehte er sich um und schlenderte ins Innere des Gebäudes. Verlassen blieb Tom sitzen, schlotternd und zitternd.

„Das eben war doch nur ein schlechter Traum, oder?"

Niemand antwortete ihm. Mit wackeligen Beinen erhob er sich und torkelte mehr, als zu gehen, zurück zur illustren Runde. In dem Raum stand die Luft nach wie vor, niemand war auf die Idee gekommen, ein Fenster zu öffnen. Das Gewirr der Stimmen ergab ein furchtbares Durcheinander, das Tom in den Ohren wehtat.

Der Lärm ist ja schlimmer als vorher.

Hustend und mit hochroten Wangen ließ er sich auf seinem Stuhl nieder, nahm das Glas vom Tisch und trank es in einem Zug leer.

„Alles okay bei dir?“

Als Timos Atem sein Ohr strich, erschrak er. Er wandte sich um, sah in Timos sorgenvolles Gesicht. Dass er sich um ihn sorgte, berührte etwas tief in ihm.

„Ich … ich … mir geht es nicht so gut.“

Was sollte es bringen, den Neuen mit den magischen Augen anzulügen? Er würde ihn schneller durchschauen, als ihm lieb war. Fahrig fuhr er sich mit beiden Händen über die glühend heißen Wangen.

„Wer weiß, was für schweinische Gedanken ihm durch den Kopf gegangen sind, unserem kleinen Spezi“, lachte Florian, worauf einige der Kollegen in das Gelächter einfielen.

Dabei entging Tom die gehässige Spitze nicht, Florian machte sich unverhohlen über seine Homosexualität lustig. Zu seinem Entsetzen unterhielt sich Herbert lieber weiter angeregt mit seinem Sitznachbarn übers Fremdgehen, anstatt einzuschreiten. Der ganze Abend widerte Tom mehr und mehr an. Ohne Timo, der ihm ermunternd eine Hand auf den Arm legte, wäre er wahrscheinlich in Tränen ausgebrochen und nach Hause gegangen. Diese Feier entwickelte sich zu seinem persönlichen Albtraum.

„Deine Witze kannst du dir sparen!“

In Timos Augen blitzte es, ja, er war fuchsteufelswild und das sollte jeder der feigen Anwesenden mitbekommen.

„Das war kein Witz“, entgegnete Florian mit gebleckten Zähnen.

„Bitte Leute, das ist eine Firmenfeier, kein Boxring“, ging der Chef mit grimmiger Miene dazwischen.

„Ein bisschen Spaß muss sein.“

„Genau, lassen Sie uns unseren Spaß“, kam es von einem anderen, bereits betrunkenen Kollegen, der sich lachend auf die Schenkel klopfte.

Enttäuscht starrte Tom in den Schoß.

Offenbar haben mehr Kollegen Probleme mit meiner Homosexualität als angenommen, dachte er. Dabei war er der Meinung gewesen, sie würden ihn, bis auf Florian, akzeptieren, wie er eben war.

 Umso wichtiger war es, sich an die Menschen zu halten, denen
man zu einhundert Prozent vertrauen konnte, jemand wie Timo.

„Genau, es ist eine Firmenfeier und keine Veranstaltung, bei der es darum
geht, das größte Kameradenschwein zu finden", sagte Timo. „Obwohl, dass du
eins bist, sehe ich dir an der Nasenspitze an."

Er richtete sich zu seiner vollen Größe auf, wandte den Kopf nach rechts, dann
nach links, sah einem nach dem anderen direkt in die Augen. Die meisten
Männer schauten schnell weg, konnten seinem bannenden Blick nicht stand-
halten. Innerhalb von Sekunden herrschte Ruhe in dem bis eben lauten Raum.
Niemand sprach, keiner hustete, jeder schien den Atem anzuhalten. Timos
Brust hob und senkte sich, während er mit geballten Fäusten die Kollegen in
die Mangel nahm, bis Herbert mit der flachen Hand auf den Tisch hieb.

„Verdammt, ich habe diese Feier für uns organisiert, um das Jubiläum zu
feiern und was macht ihr? Ihr benehmt euch wie dumme Jungs." Er schnappte
nach Luft, sein Mund stand halb offen und seine Augen erfassten jeden seiner
Mitarbeiter. „Sorry, das musste raus."

Tom spähte zu Timo, der sich hinsetzte und den Rest seines Essens vom Teller
kratzte.

„Jo, hoch die Tassen."

Jan schwang seinen Bierhumpen und wie auf Kommando geriet die Feier außer Kontrolle.

„Scheiße man, aber dieser Penner versaut mir den Abend", schrie Dirk, Florians liebster Kollege auf der Arbeit.

Den Mund weit offen, das zerkaute Hähnchen flog ihm aus dem Mund, sein
Finger zeigte auf Tom, der auf seinem Stuhl in sich zusammensackte.

„Was für ein Albtraum", raunte er.

„Komm!"

Sanft fasste Timo ihn am Arm und zog ihn vom Stuhl. Aus sicherer Entfernung
beobachteten die beiden, wie die Männer begannen, sich mit Essensresten zu

bewerfen, ein Bierglas fiel zu Boden und zerschellte knallend. Fassungslos, eine Hand vor den Mund, schaute der alte Herbert dabei zu, wie seine Mitarbeiter sich gegenseitig wie ungezogene Kinder mit Lebensmitteln bewarfen.

„Bleib stehen, ich unternehme was, bevor die Jungs den ganzen Saal auseinandernehmen."

Kurz sah Timo Tom in die Augen, um sich von ihm ihn Form eines Nickens Bestätigung zu holen, dann ging er dazwischen, packte Florian am Arm.

Florian schlug einem Kollegen mit der Faust ins Gesicht, den zweiten Schlag konnte er nicht mehr landen.

„Bürschchen, für dich wird es Zeit zur Ausnüchterung."

„Halt dein Maul, Neuer, du hast mir nix zu sagen."

„Werden wir ja sehen."

Mit Händen und Füßen wehrte sich der Mann gegen Timo, aber der hielt ihn mit Leichtigkeit.

„Wehre dich, dann tut es weh, bleibst du still, wird alles gut", ermahnte Timo, ruckte ihn seitlich zurück und bugsierte ihn zur Tür raus und weiter bis zum Ausgang. „Mach schnell die Tür auf, dann setzen wir ihn an die frische Luft, damit sein Gehirn Sauerstoff bekommt! Dann kann er darüber nachdenken, was er falsch gemacht hat."

Tom hastete zur Flügeltür in den Garten und öffnete sie.

„Fick dich!"

„Danke für die Lorbeeren."

Ohne von den Tretattacken des Mannes in seinen Armen Notiz zu nehmen, riss er ihn mit sich. Adrenalin raste durch seine Adern, seine Augen schimmerten golden, was den Männern im Getümmel verborgen blieb. Gar nicht auszudenken, was passieren würde, wenn sie etwas von seiner körperlichen Veränderung mitbekamen. Wenige Sekunden später landete Florian seitlich auf dem Boden, fluchte und stöhnte.

„Das wirst du bereuen!", schrie er, ehe er sich mühsam aufrappelte und sich vor Timo aufbäumte, der aber keinen Zentimeter von ihm wich.

Als Florian dicht vor Timo stand, blickte er auf dessen muskulöse Brust mit den verschränkten Armen. Der andere Mann demonstrierte ihm mit der Gebärde, nichts und niemanden zu fürchten. Seine Mimik war hart, die Augen zu Schlitzen verengt. Langsam hob Florian den Blick, um sofort einen ruckartigen Satz zurückzumachen, stolperte fast über seine eigenen Beine.

Hautnah bekam Tom mit, wie sich der großkotzige Florian vor Angst fast in die Hosen schiss. Im Licht der Außenbeleuchtung glitzerten die Schweißperlen auf seiner Stirn – Angstschweiß.

„Mal sehen, wer hier was bereut und nun sieh zu, dass du nach Hause kommst und deinen Rausch auspennst! Für Montag solltest du dir eine gute Entschuldigung einfallen lassen, damit Herbert dich nicht vor die Tür setzt und du zum Arbeitsamt gehen musst."

Ohne ein Wort zu verlieren, hetzte Florian von dannen, bis er um die Ecke verschwand.

4

In der Kälte standen Herbert und seine Mitarbeiter eine halbe Stunde später vor dem Lokal. Betreten zog der Chef an seinem Zigarillo, hielt den Blick starr auf den Boden gerichtet, wo er mit dem rechten Fuß über den Beton schabte.

„Und wie geht es jetzt weiter?", fragte Jan.

Von den anderen Mitarbeitern kam nichts, außer einem gelegentlichen Räuspern. Timo lehnte sich an die Wand gelehnt, die Arme vor der Brust verschränkt, erwartete von seinem Chef ein Statement. Vor allem aber erwartete er eine Entschuldigung an Tom, der sich an ihn schmiegte wie ein Schutz suchendes Kätzchen. Wärme breitete sich in seiner Brust aus, in der sein animalisches Herz hart schlug – die Nähe tat beiden gut. Viel mehr als Freundschaft verband ihn mit dem schüchternen jungen Mann, was besonders an Toms Verletzlichkeit und Sensibilität lag. Sich gerade dieser besonderen
-Art von Individuen anzuschließen, lag in seiner Natur, denn Tierwandler schätzten feinsinnige, selbstlose Charaktere. Auf der anderen Seite mochte er Tom, weil er einfach Tom war.

„Wie soll es schon weitergehen? Die Party ist gelaufen", stöhnte Herbert, warf seinen Zigarillo zu Boden und trat ihn harsch aus. „Beim Wirt kann ich mich die nächste Zeit nicht mehr blicken lassen, ihr habt mich zum Gespött des Dorfes gemacht."

Wütend fuhr er herum, beide Hände von sich gestreckt und blickte seine Mitarbeiter an, als wollte er sie lebendig rösten.

„Es tut uns wirklich sehr leid, Herbert, das musst du uns glauben. Wir waren betrunken", versuchte Jan zu retten, was zu retten war.

„Betrunken innerhalb der kurzen Zeit? So viel hat doch niemand von euch getrunken, um so zu eskalieren. Das, was passiert ist, geht nicht und ich werde mir Konsequenzen überlegen, besonders für Florian. Der ist mir jetzt ein Mal zu viel aus der Reihe getanzt. Wo ist er überhaupt?"

Suchend schaute er sich um.

„Es ist zum Glück weniger zu Bruch gegangen als gedacht, jedoch muss ich
dir einen Aufpreis berechnen. Und Herbert, Herbert?"
Der Wirt war aufgetaucht, stieß ihn mit dem Finger an.
Ruckartig drehte sich der Angesprochene um, schnaufte: Was?"
„Hey, beruhige dich!" Wie ein von der Polizei gestellter Verbrecher hob er bei-
de Hände hoch. „Das, was passiert ist, ist fix wieder vergessen, glaub mir.
Männer sind so, die rasten manchmal aus, besonders, wenn sie zu viel Alkohol
intus haben. Geschieht öfter, als du denkst, deshalb gräme dich nicht, Feiern
sind die größten Brandherde für Massenschlägereien. Ich bin dagegen versi-
chert."
Beim letzten Satz konnte er sich ein Grinsen nicht verkneifen, woraufhin ihn
Herbert grimmig ansah.
„Meine Leute haben das nicht zu tun, immerhin war es die Jubiläumsfeier mei-
ner Dachdeckerfirma und nicht *irgendeine* Familienfeier."
Beleidigt verschränkte er die Arme vor der Brust und reckte seine Nase in die
Höhe.
„So kann man jemandem auch den Abend versauen. Meiner war schon vor der
Feier versaut", sagte Tom, suchte Augenkontakt zu Timo.
„Möchtest du, dass ich mit zu dir komme?"
Sofort nickte Tom, der auf schnellstem Wege hier weg wollte.
„Tom geht es nicht gut, wir fahren dann."
„Damit ist der Abend beendet. Wir sehen uns am Montag in der Firma, hof-
fentlich dann wieder alle normal im Kopf", sagte Herbert und wandte sich von
seinen Mitarbeitern ab.
Wie ein gebrochener alter Mann schlurfte er davon.
„Ich habe vorhin ein Taxi gerufen, das müsste gleich da sein", sagte Timo,
stupste Tom aufmunternd lächelnd an.
„Danke."
„Dafür nicht."
„Ich bin schockiert, was man mir an den Kopf geschmissen hat." Er schluckte.

„Was ist mit deinem Fahrrad?"

„Das kann warten, du bist wichtiger. Was der Mistkerl zu dir gesagt hat, geht echt gar nicht. Ich hoffe, das hat für ihn mehr Konsequenzen außer ein bisschen, du, du, du, das darf man nicht."

„Wie ich den Chef mit seinem Personalmangel kenne, wird es nichts weiter werden, als genau das", meinte Tom in resigniertem Tonfall. „Er sucht neue Mitarbeiter, aber es gehen entweder unbrauchbare Bewerbungen ein oder gar keine."

„Jetzt hat er zwei neue Mitarbeiter, dich und mich, das sollte vorerst reichen. Ich kann zur Not für zwei Leute arbeiten." Grinsend dachte Timo an seinen inneren Tiger, der seinen menschlichen Teil regelrecht zu Höchstleistungen puschte. „Für heute lassen wir die Firma aber die Firma sein. Ab zu dir, dann sehen wir weiter. Es geht immer irgendwie weiter."

Vorm Lokal, vor dem einige Männer zusammenstanden und rauchten, wartete ein Taxi mit laufendem Motor, ein Umstand, der beiden missfiel. Knurrend wandte sich Tom an den Fahrer, der mit der Hüfte gegen die Front seines Mercedes lehnte und am Handy daddelte.

„Ist irgendwas?", fragte der dürre Mann, als er die Ankömmlinge bemerkte. Er trug eine abgewetzte Lederjacke und schwere Stiefel mit metallenem Besatz. Jede Bewegung quittierten die Teile mit entsprechenden Geräuschen.

„Ja, wir wollen nach Hause und Sie sollten den Motor abstellen, wenn Sie auf Ihre Kundschaft warten."

„Und warum sollte ich das Ihrer Meinung nach tun?"

Mit zu Schlitzen verengten Augen steckte der Mittvierziger sein Smartphone ein, gab einen unwirschen Laut von sich. Dann begegnete er Timos Blick und erstarrte.

„Umweltschutz geht uns alle an."

Der Mann öffnete seine Lippen einen Spalt, drauf und dran etwas zu entgegnen, hielt aber inne, seine Augäpfel rollten, sein linkes Lid zuckte. Timo blieb mit strengem Blickkontakt ohne zu blinzeln stehen, ballte beide Hände zu

Fäusten. Im selben Moment schmolz der Taxifahrer aus seiner Erstarrung.

„Ja, Sie haben recht, aber es ist zu kalt, die Autoheizung funktioniert nur bei laufendem Motor."

„Sicher?"

„Ja, das Auto hat ein altes System verbaut. Aber Sie haben wirklich recht, eine dumme Angewohnheit, die Wagen laufen zu lassen, das machen viele meiner Kollegen so."

„Gewöhnlich fahre ich nicht mit dem Taxi, aber heute muss es sein", entgegnete Timo und drehte sich weg.

„Ach so, ein Öko", lachte der Taxifahrer, als der Bann brach.

Tom grübelte darüber nach, *wie* genau Timo den Fahrer mit seinem eindringlichen Blick hatte verhexen können.

„Umweltschutz ist von heute und nicht von gestern, werter Herr, aber den schlimmsten Teil des Klimawandels werden nicht mehr Sie erleben, sondern die, die nach uns kommen. Aber was rede ich mir den Mund fusselig, das Thema prallt eh an Ihnen ab, weil es Sie gar nicht interessiert."

„Steigen Sie jetzt ein?"

Nickend, die Diskussion war beendet, öffnete Timo die hintere Tür und stieg nach Tom ein, der dem Fahrer seine Adresse nannte. Ohne weitere Worte zu verschwenden, brachte der Mann die beiden zum dunklen Haus.

„Meine Vermieter gehen früh ins Bett, deshalb müssen wir leise sein", sagte Tom.

Timo zahlte passend.

„Auch noch geizig, tss, typisch", brummelte der Fahrer, während er das Geld in seine Geldbörse steckte und den Taxameter auf seine Ausgangsposition zurücksetzte. Mit aufheulendem Motor fuhr er ab, zeigte seinen Kunden, was er von ihnen und ihrer Mentalität hielt.

„Wenn man genau ist, müsste man das dem Unternehmen melden, für das der Kerl fährt", sagte Tom auf dem Weg zum Haus, suchte nach dem Schlüssel in seiner Jackentasche.

Der Taxifahrer verkam zur Nichtigkeit in Timos Nähe. Als er die Haustür aufschloss, spürte er dessen Nähe dicht hinter sich, was ihm weiche Knie bescherte.

„Ich habe nicht viel Platz in der Wohnung, wenn du bei mir übernachten möchtest, musst du mit der Couch vorliebnehmen.“

Oder schlaf bei mir mit im Bett.

Seine Gedanken sprach er natürlich nicht aus. Das, was sie gemeinsam im Bett veranstalten könnten, ließ seine Ohren glühen und seine Eier kribbeln.

„Ich hab damit überhaupt keine Probleme“, sagte Timo, während er sich der Schuhe und seiner Jacke entledigte. „Wenn du wüsstest, wo ich schon überall geschlafen habe, würdest du dich wundern.“

„Hä?“

„Das erkläre ich dir, wenn wir uns besser kennengelernt haben. Es gibt einige Dinge über mich, die niemand weiß, der mich nicht gut kennt, aber das hat seine Gründe. In der heutigen Zeit ist es schwierig, Menschen zu finden, denen man vertrauen kann.“

Trauer lag in Timos Stimme, hörte Tom heraus, während er in der Wohnung Licht anschaltete. Von der Seite sah er den Mann, der wieder dieses Animalische ausstrahlte, was ihm wie ein Stromschlag durch den Leib fuhr. Gott, an dem Kerl, an dem jeder Muskel wohldefiniert war, würde er sich die Finger verbrennen. Timo war eine Nummer zu groß für ihn, den schüchternen, schmächtigen selbst ernannten militanten Tier- und Naturschützer. In seinen Träumen kam stets ein starker Part an seiner Seite vor, in der Realität waren es meist Männer wie er gewesen, oder solche, die ihn ausnutzten. Lange hielten seine Beziehungen ohnehin nie, weil niemand im Ernstfall für den anderen eine starke Schulter zum Anlehnen hatte bieten können. Die vorigen Partner und er hatten sich nicht ergänzt. Nur zu einem einzigen Exfreund hielt er bis heute freundschaftlichen Kontakt und selbst der war unregelmäßig. Am meisten unternahm er mit seinen Mitstreitern Sina und Marek; die beiden würde er morgen nach dem Frühstück anrufen. Insgeheim hoffte er, sie würden Timo ebenso schnell ins Herz schließen, wie er es getan hatte.

„Hast du Lust, noch ein Weilchen bei einer Cola mit mir auf der Couch zu verbringen?"

Vorwitzig zog Timo die Augenbrauen hoch, lächelte über seine reinweißen Zähne und seine Augen schimmerten in der gedimmten Deckenbeleuchtung wie Edelsteine.

Und ob er Lust hatte. Überschwänglich nickte Tom, dabei flogen seine langen Haare wie beim Headbanging auf einem Rockkonzert. In seinem Magen explodierten gefühlte tausende Miniaturbomben, die, als er die Augen schloss, in sämtlichen Farben des Regenbogens leuchteten. Gott, er hatte sich in diesen Mann verliebt, wie auch immer das in der kurzen Zeit ging, es war so. Tom schluckte und fuhr sich über seine glühend heißen Wangen.

Fuck, Tom, deine Gedanken sind aber wieder sowas von schmuddelig, schäm dich was!

Im verdammt schmutzigen Bereich spielten sich seine gedanklichen Spielereien ab, er mit Timo im Bett, auf der Couch und sie beide sich stöhnend über den Boden wälzend. Vor allem ungewöhnliche Orte für erotische Spiele hatten es ihm angetan. So langweilig er nach außen hin auf seine Mitmenschen wirken mochte, so einfallsreich gestaltete er sein Sexualleben – sofern es einen Partner gab. Bei einer Partnerschaft war Vertrauen für Tom das Salz in der Suppe, gleichzeitig die Grundbasis für guten Sex. Zwischen ihm und Timo bestand diese Grundbasis wie ein unsichtbares Band.

„Ich hole uns kalte Cola aus dem Kühlschrank. Warte, setz dich und mach es dir auf der Couch gemütlich!"

„Ich helfe dir gern."

Widerworte waren zwecklos. Im Hintergrund vernahm Tom ein Rascheln und Scharren, hörte, wie Timo im Wohnzimmer aus dem Wandschrank Gläser entnahm, was das markante Quietschen des rechten Türflügels verriet. Der Schrank war in der Wohnung gewesen, wie die meisten Möbel, denn er hatte die Bude löffelfertig bezogen. Glück für ihn, denn finanziell sah es bei ihm wegen der hohen Ausgaben für Equipment mau aus.

„Wie es aussieht, hast du Gläser gefunden, Timo, die Flaschen ins Wohnzimmer zu tragen, schaffe ich alleine."

Er lachte.

„Das quietscht furchtbar."

Für die Ohren seines Tigers waren die Scharniere des alten Schranks eine Qual
gewesen.

„Die Tür ist leider laut, wollte die längst geölt haben, hab es aber bisher
verpeilt."

Schulterzuckend entnahm er zwei Glasflaschen mit der braunen Brause aus
dem Seitenfach und öffnete sie. Mit den Getränken bewaffnet, machte er sich
auf den Weg in die Stube.

„Fernsehen oder lieber Musik?", fragte er, als er die Flaschen auf den Stein-
tisch stellte.

Kaum traute er sich, Timo in die Augen zu sehen. Jeder einzelne Gedanke an
die farbenfrohe funkelnde Iris des hübschen Mannes, die sinnlichen Lippen,
ließ pure Lust in seinem Unterbauch entflammen. Ein Teil von ihm sehnte sich
nach Sex, der andere wollte kuscheln und reden.

„Musik ist gut. Hast du eine CD oder lieber Radio. Was hörst du überhaupt?"

„Dies und das, Radio wie CD. Eine Lieblingsband habe ich nicht, höre aber
gern Rockiges. Wie sieht es bei dir aus?"

Verlegen rieb er sich mit Daumen und Zeigefinger über die Stirn, hinter der es
dumpf pochte. Das Erlebnis auf der Feier hatte ihm mehr zugesetzt, als er sich
eingestehen wollte. Mit dieser Erkenntnis breitete sich Müdigkeit wie ein
Schleier über ihm aus. Stöhnend sank er in die Polster seines Sofas, darauf bedacht, genug Abstand zu Timo zu halten, der am Radio hantierte, das auf einem Rolltisch stand. Wenig später drang ein Oldie in Zimmerlautstärke aus
den Lautsprecherboxen.

Timo goss sich sein Glas halb voll, trank aus und goss nach, dann lehnte er
sich zurück und schaute sich im Raum um. In einer Ecke lag ein lebensgroßer

Schäferhund aus Stoff mit Blickrichtung zur Tür, in einer anderen Ecke stand ein Regal, vollgepackt mit Literatur. Ganz oben auf dem Berg erspähte der Mann ein Buch über heimische Tiere und ihre Lebensräume. An den weißen Putzwänden hingen Porträts von Eulen, Buntspechten und Luchsen. Wüsste Tom von seiner wahren Natur, würde er ein Porträt von seiner tierischen Gestalt haben wollen.

„Ich höre gern Musik ohne Gesang, sehr spezielle Musik, aber am liebsten bin ich draußen in der Natur unterwegs und lausche den Lauten um mich herum. Die Natur birgt die schönste Soundkulisse, die man sich nur vorstellen kann.“ Verträumt schloss Timo die Augen, dachte die gemeinsame Zeit mit seiner Familie. Tränen der Wut drängten nach außen, als er sich an den grausamen Moment erinnerte, der sein Leben verändert hatte. Stakkatoartig knallten die Schusssalven an ihm vorbei, erfüllten sein Leben mit Einsamkeit und Trauer.

„Alles okay bei dir?“

Als Tom ihm seine Hand auf die Schulter legte, zuckte Timo zurück, drauf und dran, ihn anzugreifen. Es geschah im Affekt, das Tier in ihm begehrte auf, brüllte vor Schmerz und Wut.

„Was ist mit dir?“

Unsicher schnellte Tom zurück, fiel in die Kissen am Ende des Sofas.

„Alles gut, ich tue dir nichts. Ich hab mich nur an etwas aus meiner Vergangenheit erinnert, das ich lieber vergessen würde.“

Das an Funken erinnernde Blinken in Timos plötzlich gelblich-orangen Augen bereitete Tom Bauchschmerzen, machte deutlich, dass er nicht über seine Vergangenheit reden wollte. Diesen seltsamen Farbton der Iris machte er am Lichteinfall fest, unmöglich konnte das real sein. Ob das wirklich von Licht kam? Es machte Tom wahnsinnig, die Frage bohrte in seinen Eingeweiden, dass er sie einfach stellen musste.

„Falls du reden möchtest, ich höre dir zu.“

Timo nickte, starrte an die Wand, als wäre sie gar nicht da.

„Was … was ist mit deinen Augen passiert?“, fragte Tom.

Das Herz wummerte spürbar hinter seiner Hand, die er auf seine Brust gelegt hatte.

„Was soll damit sein?"

Nun sah er ihn mit zu Schlitzen verengten Augen an.

„Deine Augen haben seltsam … ähm, geleuchtet."

„Geleuchtet?" Timo tat, als wüsste er von nichts, als Tom nickte. „Das hast du dir eingebildet."

„Nein, das habe ich mir nicht eingebildet, bin mir hundert Prozent sicher." Empört sprang Tom auf und stemmte die Hände in die Seiten.

„Deine Sinne haben dir einen Streich gespielt, weil du wegen der aus dem Ruder gelaufenen Feier durcheinander bist", log Timo, was ihm schwerfiel, da er nicht der Typ für Lügen war.

„Nein, ich bin mir sicher, lasse mir nicht sagen, ich sehe Gespenster oder sonst was. Ich weiß, was ich gesehen habe."

„Na dann, möglicherweise bin ich nicht das, was ich zu sein scheine", sprach Timo leise, beobachtete ihn aus den Augenwinkeln, geheimnisvoll lächelnd.

„Keine Angst, ich beiße nicht." *Oder doch!* „Und nun setz dich wieder, es passiert dir in meiner Nähe nichts, da gebe ich dir mein Ehrenwort. Hand drauf!" Um das Statement zu untermauern, hielt er ihm seine Hand hin. Eine ganz normale Hand, die Tom mit Argusaugen begutachtete, als könnte er sich daran verbrennen. Was erwartete er zu sehen, Krallen statt Fingernägel und einen stark behaarten Handrücken? Es gelang ihm nicht, sich diese Fragen selbst zu beantworten, stattdessen schlug er irritiert ein.

„Glaubst du mir, vertraust du mir?"

Timo hob die Augenbrauen an, sah seinem Gegenüber in die Augen, so lange, bis Tom der starrende Blick zu viel wurde. Fahrig rieb er sich über die Stirn, stotterte, bevor ihm ein ganzer Satz gelang.

„Ja, ich vertraue dir."

„Dann setz dich neben mich und wir schnacken noch ein bisschen, danach sollten wir schlafen gehen. Schlaf wird dir guttun, morgen sieht die Welt wieder ganz anders aus.“

Nickend rutschte Tom neben Timo, bis sich ihre Seiten berührten, was seine Hormone ein Mal mehr in Wallung brachte. Vergessen war das, was er eben gesehen zu haben glaubte. Es gab keine blitzenden Augen, lediglich diese schillernden Iriden in dem markanten Gesicht.

„Ohne dich beleidigen zu wollen mit meiner Frage ...“

Toms Wangen liefen rot an, besonders seine Ohren schienen zu glühen. Verlegen kratzte er sich den Nacken.

„Schieß los!“

„Du siehst nicht aus wie ein Deutscher, also ...“ fahrig fuhr er sich durch seine langen Haare, die ihm wirr ins Gesicht hingen. „Wo kommst du ursprünglich her?“

„Meine Mutter ist Deutsche, mein Vater stammt aus Indonesien. Eine lange Zeit habe ich dort mit meiner Familie gelebt, die ...“

Die Erinnerungen überschwemmten ihn und er brach ab. Mehrmals kniff er die Augen zusammen, rieb sich die Schläfen und zwang sich, die schrecklichen Erinnerungen an diesen Tag zu verdrängen. Ein Teil von ihm wollte Tom davon erzählen, sich den Ballast von der Seele reden, aber die Zeit war noch nicht reif dafür.

„Wow, du hast in Indonesien gelebt?“

Mit seinen Erinnerungen alleine, blickte Timo in den Schoß, knetete seine Finger und schluckte.

„Wir haben einige Jahre im Einklang mit der Tier- und Pflanzenwelt im Regenwald gelebt.“

Tom riss seine Augen auf, sein Kiefer fiel ihm gefühlt bis auf die Brust.

„Genau, wir haben uns von dem ernährt, was der Wald uns gab, sind eins geworden mit der Natur. Wenn du magst, erzähle ich dir mehr.“

„Ja klar.“

Nach zwei Stunden hatte Tom Trauriges und Spannendes aus Timos Leben und Timo umgekehrt aus Toms Werdegang erfahren. Nur über seine wahre Identität

und den Umstand, weshalb er nicht mehr im Regenwald lebte, schwieg Timo
beharrlich.

„Wollen wir ins Bett?“

Timos intensiver Blick besorgte Tom eine Gänsehaut, rieselte wie warmer Regen seinen Rücken hinunter. Im Radio lief ein langsamer Song, der seine Sog-
wirkung nicht verfehlte, seine Gefühle Achterbahn fahren ließ. Ihm wurde
leicht ums Herz und der Drang, sich an den Mann an seiner Seite zu lehnen,
verstärkte sich. Als Timo sich in seine Richtung reckte, kroch ihm sein herber,
animalischer Duft in die Nase. Das gedimmte Licht tat sein Übriges, die ro-
mantische Stimmung anzuheizen, es zwischen den beiden Männern knistern
zu lassen.

„Du hast etwas an dir, das mich ungeheuer fasziniert, mich anzieht“, flüsterte
Timo. „Normalerweise bin ich nicht der Typ dafür, der sich nach kurzer Zeit an
jemanden heranmacht, es ist nicht mein Stil.“

„Mir gefällt es.“

Tom schluckte und stotterte, sein Mund war trocken, das Sprechen fiel ihm
schwer, die Zunge schien am Gaumen festzukleben.

„Ich kann es fühlen, es riechen, selbst wenn es unglaublich klingt, ich bin anders als ihr Menschen.“

Abrupt löste sich Tom von Timo, der ihn mit flammenden Augen anstarrte, ein
magischer Moment zwischen den beiden entstand.

„Was riechen?“

„Deine Erregung, deine Lust. Ich spüre, wie sehr du es willst. Mich willst.“

Verdattert schüttelte Tom den Kopf, kniff die Augen mehrmals zusammen,
aber an der Situation änderte sich nichts, es war kein Traum, sondern Realität,
mit Timo, dem Neuen, auf der Couch zu sitzen, der sichtlich Lust auf ihn hatte.
Sein Herz schlug schneller und die Musik im Hintergrund verkam zur Nebensache.

„Ich will dich, ja, und du, willst du mich auch?“

Es entstand eine Pause, die Zeit schien still zu stehen und die Luft einmal mehr zu knistern und zu knacken, ähnlich einer statischen Aufladung.

Tom schluckte trocken, rieb sich die heißen Wangen und spürte dem Dröhnen hinter seiner Stirn nach. Volle Lippen näherten sich den seinen, ohne Unterlass den Blickkontakt haltend. Härter und härter ballerte das Herz gegen seinen Brustkorb, schien ihn sprengen zu wollen.

„Mein Gott, was machen wir hier?", flüsterte er, bevor ihre Münder sich berühren konnten.

Timo verharrte, behielt jedoch den Blickkontakt bei.

„Ich weiß es nicht, lass es uns herausfinden."

Seine Stimme klang geheimnisvoll, fremd und doch so vertraut.

„Meinst du, wir sollten jetzt schon miteinander ins ..." Tom hustete, senkte verlegen den Blick.

Verdammt ist das peinlich. Wir sind erwachsene Männer und verhalten uns wie dumme Jungs kurz vor dem ersten Mal.

„Wenn es sich gut und richtig anfühlt, sollten wir es tun. Wenn du meinst, du bist nicht bereit dafür, dann lassen wir es. Ich habe Zeit und bin nicht auf die schnelle Nummer aus, aber das hast du sicher gemerkt, oder?"

Das Sanfte in Timos Stimme hinterließ ein warmes Kribbeln in seinem Bauchraum.

„Ich, ich würde gern mehr machen, aber … aber ja, für das Eine haben wir Zeit. Wie steht es bei dir mit kuscheln? Du siehst mir nicht aus, als wärst du ein Mann für sowas."

Wieder hustete Tom lauter Verlegenheit, ehe er zum Glas griff und den Frosch im Hals herunterspülte.

„Normalerweise gehört Kuscheln tatsächlich nicht zu meinen Paradedisziplinen, aber mit dem Richtigen mache ich gern eine Ausnahme."

Ohne Tom Zeit zum Reagieren zu lassen, packte er ihn und zog ihn auf sich.

„Schalte deinen Kopf ab und die Gefühle ein."

Hände streichelten, erforschten den Körper des jeweils anderen, warmer Atem trat auf erhitzte Haut, Zungen schlangen sich umeinander, Erektion drückte durch Stoff an Erektion.

„Wenn wir so weiter machen, komme ich wie ein Teenager in meine Hose“, stotterte Tom, dessen harter Schwanz die Kleidung zu sprengen drohte.

„Das was ich spüre, fühlt sich verdammt gut an“, raunte Timo in sein Ohr und massierte mit gekonnten Handbewegungen das stattliche Teil.

Obwohl Stoff dazwischen lag, kam es Tom vor wie Hand auf Haut. O wie sehr er sich das jetzt wünschte.

„Hierbleiben oder ins Schlafzimmer?“

„Ähm?“

Aus seinen süßen Träumen gerissen, starrte er Timo verständnislos an. Musste diese Frage ausgerechnet sein?

„Schlafzimmer sind überbewertet, bleiben wir hier!“

Sex an ungewöhnlichen Orten statt öde im Bett schätzte Tom. Mit einem früheren Partner hatte er oft draußen in der Natur Sex gehabt und es genossen, sogar im Winter.

„Ich brauche auch kein Bett.“

Timo griff mit einer Hand um Toms Hinterkopf und zog seine Lippen gegen seine. Ein wilder Kuss entflammte, der nach wenigen Sekunden nicht mehr reichte. Hastig entkleideten sie sich, die Nähte der Kleidung knackten gefährlich, bis sie in Unterhosen auf der Couch saßen. Die Klamotten lagen verstreut im Wohnzimmer, ein Hemd hatte es bis auf den Fernseher geschafft. Wohl wissend, was einem Mann gefiel, packte Timo seinen Liebesspielpartner bei den Eiern, ohne ihm Schmerzen zu bereiten. Nichts war für einen Mann schlimmer, als ein zu harter Umgang mit den Kronjuwelen. Viel mehr löste der Griff um die besten Teile ein wohliges Seufzen aus, das Timo an sein eigenes Schnurren erinnerte, das er bei Wohlbehagen von sich gab. In diesem Moment schnurrte er, aber zu leise für Toms Ohren.

„Du bist unglaublich scharf, aber das weißt du.“

„Weil du mich scharf machst, Kleiner“, knurrte Timo.

Ohne weiter auf ihn einzugehen, drückte er Tom mit einer Hand sanft ins Polster und rutschte von selbigem. Mit glimmenden Augen hakte er seine Finger rechts und links unter den Bund des Slips. Unter dem eng anliegenden Stoff zeichnete sich der stramme Max mit seinen Kugeln deutlich ab.

„Bist gut bestückt, hätte ich jetzt so nicht erwartet."

Mit seinen Bewegungen, mal härter, mal zarter, brachte Timo den jungen Mann fast an den Rand eines Nervenzusammenbruchs.

„Wenn du so weiter machst, komme ich in meine Hose", ächzte er.

Seine hochrot angelaufenen, verschwitzten Wangen glänzten im Licht der Stehlampe neben dem Sofa.

„Und wenn es so ist, ich würde dir deswegen nie Vorwürfe machen. Es ist eine normale körperliche Reaktion eines geilen Mannes."

Grinsend zeigte Timo seine Zähne, seine Augen leuchteten geheimnisvoll auf, was in Tom eine Art Explosion auslöste. Ein elektrisierendes Kribbeln breitete sich von seinem Magen bis in die Zehenspitzen aus, prickelte auf seiner Kopfhaut.

„Wir Menschen folgen den Gesetzen der Natur, genau wie alle anderen Lebewesen auf dieser Welt, wir sind die Geschöpfe von Mutter Erde."

„Bist du Philosoph?", lachte Tom.

Derart weise Worte hatte er von dem tätowierten Kerl nicht erwartet. Und überhaupt, wäre er ihm zufällig in der Stadt oder im Bus begegnet, hätte er ihn wegen seiner Optik vielleicht sogar vorverurteilt. Menschen machten sich von ihren Mitmenschen vorab aufgrund von Äußerlichkeiten ein Bild, ohne den anderen zu kennen. Glatzköpfige, tätowierte Männer wurden zum Beispiel gern als Gangster abgestempelt oder schlaksige Kerle mit langen Haaren als Nerds und bullige Typen mit langen lockigen Haaren als aggressive Biker, die Rockmusik hörten und soffen. Die Leute lebten von und mit Klischees. Tom hatte sich geschworen, erst den Menschen hinter der Fassade kennenzulernen, bevor er sein Urteil über ihn abgab. Timo das beste Beispiel dafür, dass es sich lohnte, Vorurteile abzulegen und sich auf das Abenteuer auf den ersten Blick unheimliche, andersartige *Menschen kennenlernen* einzulassen.

„Hättest du von mir wohl nicht erwartet, was? Erwarte das Unerwartete, aber jetzt sehe ich mir das dicke Ding da genauer an."

Schon hatte er Tom seiner Shorts entledigt, das steife Glied sprang hervor wie eine Peitsche.

„Was für eine Schönheit in fein gestutztem Haarnest."

Mit schief gelegtem Kopf musterte er das, was sein Sexualpartner ihm bot und das war üppig.

Für viele Worte hatte der Erregte keinen Kopf, nur ein heiseres Aufstöhnen drang aus seiner Kehle, als Timo den Steifen auf und ab rieb. Jede einzelne Ader und Erhebung musterte wie ein Kunstwerk, danach die beiden Hoden.

„Was ich sehe, gefällt mir."

Timo stellte Augenkontakt her, registrierte den lustverhangenen Blick, der ihm wie ein Stich zwischen die Beine fuhr. Noch war sein Penis in den schwarzen Shorts gefangen, drückte unangenehm. Sein inneres Tier sträubte sich gegen den Käfig, wollte raus, um animalisch zu lieben, doch das ging heute leider nicht. Ohnehin würde der Tiger jetzt lieber draußen im Moospolster als in dieser überhitzten Bude liegen, umgeben von Bäumen. Manchmal schlief Timo, seinem Tiger zuliebe, im Wald, denn seine Wohnung spielte für ihn mehr eine Rolle als Alibi. Sein Wunsch für die Zukunft war ein Holzhaus im Wald, klein aber fein. Für ihn war das Wohnbefinden seines Tigers das Wichtigste und am wohlsten fühlte dieser eben mit Freiraum. Kleines Haus, großes Grundstück, am besten ohne Nachbarn.

Toms Blick schrie regelrecht: *worauf wartest du? S*ein Brustkorb hob und senkte sich schnell, sein Atem ging rapide, sein gesamter Körper sprühte vor sexueller Erregung.

„Wenn du weiter so geil guckst, vergehe ich noch vor innerer Hitze", stöhnte Tom. „Ich kann nicht mehr, quäle mich bitte nicht."

„Ein bisschen Geduld, mein Lieber, Geduld hat noch niemandem geschadet."

„Ich … ich."

Gleichzeitig entledigte sich Timo seines Slips und sein erigiertes Glied sprang hervor. Kein einziges Härchen umrahmte das Gemächt, das so viel größer wirkte, als es eigentlich war.

„Ja, ein normales Glied, keine Ramme oder hast du eine erwartet?", neckte er mir hochgezogener rechter Augenbraue. Sein rechter Mundwinkel tat es der Augenbraue gleich.

Verlegen zuckte Tom mit den Schultern, rückte auf der Couch herum und sah mit halb geöffnetem Mund in Timos Gesicht.

„Ich … ich, ähm sorry."

Um eine Spur verlegener und kirschrot auf den Wangen, rieb sich Tom den Nacken. Seinem Schwanz tat seine Verlegenheit keinen Abbruch, er stand wie eine Eins. Bevor er noch etwas sagen konnte, zog Timo ihn zu sich, küsste ihn.

Sie knutschten auf dem Sofa, rutschten herunter auf ihre Knie und rollten auf den Boden zum flauschigen weißen Vorleger vor dem Fernsehtisch. Bevor *mehr* passieren konnte, ergoss sich Tom in die treibende Hand seines Partners und ein enttäuschtes Seufzen floh über seine Lippen.

„Es muss dir nicht leidtun."

„O, ich dachte, es wäre … es ist peinlich."

Beschämt schaute er auf, aber Timo lächelte freundlich, anstatt sich über ihn lustig zu machen.

„Warum sollte es peinlich sein? Das passiert schon mal, wenn man erregt ist und du hattest bestimmt länger nichts mehr mit einem anderen Kerl, oder?"

Das Rot auf Toms Wangen wurde noch eine Spur dunkler.

„Ja, da hast du recht, mein letztes Mal ist eine Weile her."

Die knisternde Stimmung wich einer leicht bedrückten.

„Ich geh mich säubern, dann reden wir noch ein bisschen." Timos Blick streifte Toms betrübtes Gesicht. Hey, wir haben wirklich Zeit und nein, ich bin dir nicht böse, weil ich nicht zum Schuss gekommen bin. Mein Wesen tickt etwas anders, als das der Männer, die du kennst, zumindest gehe ich stark davon aus."

Wie war das gemeint?

Verdutzt fuhr sich Tom durchs verschwitzte Haar. Anstelle weiter über etwas nachzudenken, auf das er keine Antwort erhalten würde, erhob er sich und wischte die glibberigen Reste mit einem Taschentuch vom Glied. Durstig leerte er sein Glas und füllte es mit Coke auf. Seufzend schnappte er sich seine Kleidung und zog sich an. Als Timo zurück in den Raum kam, saß er, als wäre nie etwas zwischen ihnen gelaufen, mit übereinandergeschlagenen Beinen auf der Couch. Langsam spürte er die Müdigkeit und gähnte hinter vorgehaltener Hand.

„Hat dich der Abschuss geschafft?", neckte Timo, der seine Kleider einsammelte und sich ebenfalls anzog.

„Na ja, der Tag allgemein. Vielleicht war das der aufregendste Tag seit Langem, du musst wissen, mein Privatleben ist eher langweilig."

Er zuckte die Schultern und biss sich auf die Unterlippe, wohl wissend, was er Timo verschwieg.

„Der Tierschutz ist doch nicht langweilig."

„Stimmt, die Nächte, die ich mir mit meinen Freunden um die Ohren schlage, um Tiere zu retten, um Wilderern auf die Spur zu kommen, das ist durchaus spannend und manchmal gefährlich. Es ist für Menschen interessant, denen die Natur am Herzen liegt, was bei den meisten Leuten leider nicht der Fall ist."

Er schluckte.

„Für mich ist es spannend, Tom, denn ich ticke wie du. Erzähl mal, was deine Freunde ausmacht, wie habt ihr euch kennengelernt?"

Dass Timo sich für sein außergewöhnliches Hobby begeisterte, freute Tom sehr, ein Lächeln der Freude zierte sein Gesicht.

„Ich habe Mark und Sina beim Aufspüren von kleinen Fischen kennengelernt."

„Der war gut", lachte Timo. „Was sind kleine Fische für euch?"

„So nennen wir Leute, die Zigarettenkippen und Verpackungen einfach irgendwo hinwerfen. Wir sprechen sie darauf an und bitten sie, ihren Müll zu entsorgen."

Gespannt hörte Timo ihm zu, hielt Augenkontakt und klemmte sein halb volles

Glas zwischen die Oberschenkel.

„Wenn jeder seine Kippen einfach irgendwo hinwirft, liegen überall welche rum. Ich habe nichts gegen Raucher per se, jedoch geht mir die Sorglosigkeit mancher Zeitgenossen gehörig auf den Zeiger. Ganz schlimm finde ich Leute, die Glasflaschen aus Spaß kaputtschlagen. Bist du schon mal an einem Strand gewesen, wo sich viele Menschen und Hunde tummeln?“

Timo nickte.

„Stell dir vor, ein Kind reißt sich an einer Scherbe den Fuß auf, oder ein Hund. Und nicht nur das, jeder, der die Umwelt mutwillig verschmutzt, ist uns ein Dorn im Auge. Wir haben nur diese eine Erde, Sina und Marek haben das begriffen. Wir haben uns beim Sammeln der Kippen getroffen, sind ins Gespräch gekommen und Freunde geworden.“

Plötzlich bemerkte er Timos eindringlichen Blick.

„Ist was?“

„Nein, wieso?“

„Weil du mich so … so intensiv anschaust.“

Zwischen den ungleichen Männern entstand eine knisternde Atmosphäre, keine sexuell geprägte, sondern etwas, das tiefer ging, was die gedimmte Beleuchtung in ihrer Wirkung verstärkte. Es war eine intime Verbindung zwischen ihnen, mehr als reine körperliche Anziehung, sehr viel mehr.

„Wir sind uns näher, als du denkst, Tom, mein Instinkt sagt mir, dass ich dir vertrauen kann, deshalb lasse ich diese Nähe zwischen uns zu.“

„Was ist denn sonst?“, flüsterte Tom.

„Normalerweise bin ich Fremden gegenüber distanziert, brauche meine Zeit, bis ich, sagen wir mal, auftaue.“

„Okay.“

Tom schluckte trocken.

„Wieso gerade ich, also, ich bin kein Traummann, ich meine … du, du kannst jeden haben … wenn du willst.“

„Wie kommst du denn darauf?“

Mit dem Gesicht rückte Timo näher an seinen Sitznachbarn heran, spürte dessen Körperwärme, roch diesen ureigenen Duft, sog ihn gierig mit geblähten Nasenflügeln in sich auf. Sein innerer Tiger rumorte, ehe er wohlig schnurrte. Bevor seine Augen golden aufglühten, schloss er sie.

Bloß kein Aufsehen erregen.

Diesen Abend wollte er nicht mit nervigen Fragen zerstören. Bald schon würden sie ihr gemeinsames Ziel verfolgen, Tom im Kleinen, er im Großen. Zwar waren die Wilderer, die sie beide zur Strecke bringen wollten, nicht die Urheber seiner persönlichen Qualen, die hatte er längst ins Jenseits befördert, doch sie waren ihm ein Dorn im Auge. Diese Männer töteten Luchse, seine Artverwandten, eine in Deutschland vom Aussterben bedrohte Art. Von den Gemeinsamkeiten, dem gleichen Ziel aus doch ganz anderer Intention, ahnte der schlaksige Tom gar nichts. Einer tat es, weil er die Natur liebte, der andere, weil er ebenfalls die Natur liebte, aber vor allem Wilderer hasste. Und Timos Hass ging tief. Verdammt tief.

„Lass uns schlafen gehen! Morgen in aller Frische sieht die Welt wieder anders aus oder besser gesagt, neuer Tag, neues Glück."

Timo durchbrach die besondere Atmosphäre, indem er mit der Handfläche aufs Polster des Sofas schlug, woraufhin Tom zusammenzuckte.

„Sorry, ich wollte dich nicht erschrecken."

„Hast du aber. Nun, ich werde es überleben, mein Nervenkostüm muss eh wachsen."

Dann übermannte ihn die Müdigkeit, die sich wie Blei durch seine Venen und Adern fraß. Wie auf Kommando gähnte er, was Timo mit einem Grinsen quittierte. Es entstand ein weiterer knisternder Moment, der erst brach, als unter ihnen etwas polterte. Wie bei einem heftigen Stromschlag zuckten die beiden auseinander.

„Das war unten, der Vermieter, dem ist was runtergefallen. Das passiert denen öfter, alte Leute halt."

Verlegen, als müsste er sich dafür rechtfertigen, zog Tom beide Schultern hoch und den Kopf ein.

„Ich schlafe auf der Couch", ignorierte Timo, um Tom nicht noch mehr in Verlegenheit zu bringen.

„Wie du magst. Du kannst dir jetzt gern deine Zähne putzen gehen, ich mach in der Zwischenzeit dein Nachtlager fertig. Eine neue Zahnbürste findest du im Spiegelschrank über dem Waschbecken."

Als Tom sich umdrehte, war der bereits im Bad verschwunden.

5

Der Blutgeruch des alten Affen hing dem Tiger, der gierig die Fährte aufsaugte, in der Nase. Irgendein anderes Tier musste den Sumatra-Affen zuvor attackiert haben, der kreischend kreuz und quer lief, in der Hoffnung, einen rettenden Baum zu finden. Wie eine undurchdringliche grüne Wand mutete der Dschungel Sumatras an, doch der Tiger kannte sich in dem Dickicht aus, denn es war sein Zuhause und das seiner Familie. Hier war er aufgewachsen, hatte seine Kindheit verbracht und alles gelernt, was er fürs (Über)Leben brauchte. Eigentlich müsste er bei seinen Liebsten sein, auf sie aufpassen, denn seit einigen Wochen nagte das Gefühl drohende Gefahr an ihm. Erst lagen vergiftete Tiere um ihr Areal herum, dann brannte es und seine Schwester verendete beinah in einer ausgelegten Drahtschlinge. Wilderer waren hinter den letzten Tigern Sumatras her, weil aus den Knochen Medikamente gemacht wurden, denen die Menschen Heilkräfte nachsagten. Deswegen sollte er bei den anderen sein, um ihnen im Falle eines Falles zu helfen. Die Wilderer lagen auf der Lauer, es konnte jederzeit soweit sein, doch der Duft des verwundeten Affen war zu verlockend, um die ganze Zeit auf das Camp aufzupassen. Das Tier in ihm behielt die Oberhand, es schien, als sei nichts Menschliches in ihm, obwohl das Menschliche sehr wohl ein Teil seiner Natur war. Diese Hälfte Mensch war in diesem Moment wie weggefegt und der Drang Beute zu reißen, die Gier nach frischem Fleisch, übermächtig. Mit einem weiten Satz erreichte er den Affen, riss ihn mit einem Hieb seiner Pranke zur Seite. Das Tier überschlug sich und prallte gegen einen Stein, wo es benommen liegen blieb. Schon packte der Tiger den Affen mit seinem Maul und brach ihm mit einem kräftigen Biss das Genick. Wie im Blutrausch zerlegte er ihn, fraß zuerst das Fleisch, dann knackte er die Knochen auf, um ans Mark zu gelangen. Gesättigt streckte er sich, dann erst erwachte sein Beschützerinstinkt aus dem Dämmerschlaf. Die Gefahr, die seit Tagen über dem Lager seiner Artgenossen schwebte, spürte er zum Greifen nah. Auf leisen Sohlen machte er sich so schnell er konnte auf

82

den Weg zurück zum Lager. Schüsse ratterten durch den Wald, hallten nach, da wusste er instinktiv, er kam zu spät. Von weitem bemerkte er den Geruch von frischem Blut, es ließ ihn innerlich zusammenzucken. Sein schlimmster Albtraum war Realität geworden, genau da, wo er nicht da gewesen war, um die Umgebung zu sichern. Er hatte sein Rudel im Stich gelassen, diejenigen, die ihm sein Leben bedeuteten. Wieder ratterte ein Maschinengewehr, dem selbst ein Gestaltwandler nichts entgegenzusetzen hatte.

Als er ankam, sah er lodernde Flammen, beißender Brandgeruch umhüllte ihn, vermochte aber nicht den des Blutes zu überdecken. Wieder zurück in seiner menschlichen Form, entwich ein markerschütternder Schrei seiner Kehle in dem Moment, in welchem er die Leichen seiner Eltern und seiner Schwester erblickte. Sie waren nicht einfach nur erschossen, nein, sie waren regelrecht hingerichtet worden.

Der Schrei ging Tom durch und durch. Vor knapp zwei Stunden war er in einen tiefen Schlaf gefallen, jetzt riss ihn der menschliche Klagelaut aus seinem süßen Traum.

„Was ist passiert?"

Verdattert rieb er sich die Augen, suchte nach dem Schalter für das Licht und knipste es an. Hatte da wirklich jemand geschrien oder war es im Traum geschehen? Obwohl, der Traum war alles andere als schrecklich gewesen, eher lustvoll. Nun, vielleicht hatte er einen Teil vergessen, das passierte ja öfter bei Träumen und seit dem letzten Erlebnis mit brutalen Wilderern litt er häufiger unter Albträumen. So manches Mal hatte er sich gefragt, ob es nicht besser wäre, es sein zu lassen, sich mit den aggressiven Wilderern anzulegen. Am Ende hatte seine Liebe zu Mutter Natur immer gesiegt.

Aus dem Wohnzimmer drang klägliches Gewimmer, das kaum menschlich klang, eher wie ein Tier in einer Falle.

„Timo!"

Tom sprang aus dem Bett, verheddert sich mit einem Bein in der Decke,

rutschte aus. Im letzten Moment gelang es ihm, sich an der gegenüberliegen-
den Wand abzustützen. Achtlos schleuderte er die Bettdecke zur Seite, hetzte
barfuß ins Wohnzimmer. Der Mond warf sein Licht in den Raum, strahlte den
Couchtisch und einen Teil des Sitzmöbels an. Als Schatten sah Tom seinen Arbeitskollegen darauf hocken, die Beine an die Brust gezogen und mit beiden
Armen umschlungen. Wie ein Häufchen Elend hockte der muskulöse Mann
verloren auf dem Sofa. Tom machte Licht, der Anblick traf ihn wie ein Schlag.
Gott, Timo sah gebrochen aus, seine Augen huschten von rechts nach links und
wieder nach rechts, ehe sie in Toms Gesicht verweilten.
„Es tut mir leid, falls ich dich geweckt habe. Ich hatte einen Albtraum", sagte
er, schluckte und blickte zu Boden.
„Ist nicht schlimm, jeder hat mal einen Albtraum. Magst du ein Glas Wasser?"
Der Anblick, den der Mann bot, nur in Boxershorts, ließ alle unangenehmen
Gedanken fahren. Es kribbelte in Toms Bauchraum und kurz darauf auch in
seinen Hoden. Sofort schoss ihm Röte in die Wangen.
Diese Muskeln und sexy Tattoos, verdammt, der Kerl ist heiß.
„Gott, nicht daran denken, Mann, er hat schlecht geträumt", rief sich Tom zur
Ordnung, während er nach einem Glas griff und es mit Leitungswasser füllte.
Ein paar Sekunden blieb er stehen, rieb sich über die Stirn.
„Cool bleiben, Junge!"
Aus dem Wohnzimmer war gerade nichts zu hören. Mit wackeligen Knien und
schlechtem Gewissen wegen seiner erotischen Gedanken, ging er zurück in die
Stube, wo Timo inzwischen normal saß, mit erwartungsvollem Blick in seine
Richtung. Die Decke verhüllte den Unterkörper, der Rest war nackt – und ver-
dammt muskulös aber nicht so extrem wie der eines Bodybuilders. Dieser von
der Arbeit gestählte Körper war bereits der Hammer, die Tattoos setzten noch
einen drauf. Für Tom stimmte das Gesamtpaket, es gab nichts, was ihm an diesem Kerl nicht gefiel.
Das nennt man dann wohl Liebe auf den ersten Blick.
„Willst du Wurzeln schlagen oder mir das Glas geben?"

Tom zuckte zusammen.

„Was?“

„Das Glas.“

Mit seinem Zeigefinger wies Timo darauf und lächelte.

Ertappt starrte der Schlaksige das Glas an.

„Ach das Glas, ja, ja, sicher. Hier, bitte!“

Seine zittrige Hand brachte das Wasser zum Überlaufen, es platterte auf den Boden.

„Mist!“

„Ist doch nur Wasser, das trocknet wieder. Danke.“

„Ähm ja, Wasser. Ist bloß Wasser.“

Von absoluten Gefühlen überrumpelt, stolperte er über Timos Schuhe, die neben dem Wohnzimmertisch standen und fiel vornüber auf ihn drauf. Die Flüssigkeit verteilte sich auf Timos Brust.

„Das war es wohl mit dem Getränk.“

Beide Männer blickten sich tief in die Augen, spürten die Hitze des anderen, dann lachten sie los, hielten sich aneinander fest.

„Ich hab Seitenstiche“, lachte Tom.

Auf seiner Stirn standen Schweißperlen und auf Timos Brust glitzerte das verschüttete Wasser.

„Wie dumm von mir.“

Von einer Sekunde zur anderen verebbte das Lachen der beiden Männer und Stille legte sich wie ein unsichtbares Handtuch über sie. Nachdenklich, mit halb offenem Mund, starrte Tom sein Gegenüber an.

„Was hast du geträumt? Es kann ...“, er schluckte, „nichts Gutes gewesen sein, so wie du geschrien hast.“

Tom wertete Timos verbitterten Blick als Absage, umso mehr verblüffte ihn seine Offenheit.

„Kurz und knapp, meine Familie wurde von Wilderern ermordet, deshalb verstehe ich deine Motivation, diesen Bestien in Menschengestalt das Handwerk zu legen, Tom. Ich möchte dich dabei unterstützen, wir stehen auf derselben Seite."

„Mein Beileid, das ist entsetzlich." Tom schloss die Augen, konnte nicht fassen, was Timos Familie angetan wurde. „Aber, aber, bist du nur deshalb bei mir, weil du mit mir gemeinsame Sache machen willst?"

Timo räusperte sich, sah Tom weiterhin in die Augen.

„Nein, ich bin bei dir, weil ich dich als Person mag, nicht nur, weil du und ich dasselbe Ziel verfolgen. Da ist etwas in mir, das mich mit dir verbindet, etwas, das nur jemand spürt, der … es ist so, wie es ist."

Nein, noch immer konnte und wollte er ihm nichts von seiner Existenz als Gestaltwandler erzählen. Ihm schwebte vor, sich im passenden Moment vor ihm zu verwandeln, damit er es mit eigenen Augen sah. Würde er es an Ort und Stelle tun, sah er Tom vor Angst aus dem Fenster springen oder in Ohnmacht fallen. Es juckte ihm in den Fingern, den armen Kerl ins kalte Wasser zu schmeißen, aber er ließ es bleiben, eines Tages würde er es ganz sicher erfahren. Timo horchte tief in sich hinein, suchte nach Antworten von seinem Tier, ob er sich gänzlich vor ihm entfalten sollte. War Tom der ewige Verbündete, mit dem er seinen Weg gemeinsam gehen sollte oder besser nicht? Manchmal täuschte man sich ja in Menschen, obwohl man ein gutes Gefühl hatte.

Ich denke, du kannst Tom auf jeden Fall vertrauen, aber zeige es ihm erst, wenn du dir absolut sicher bist. Du erkennst den richtigen Zeitpunkt, fühlst es, wenn es so weit ist.

Mehr brauchte es für Timo nicht. Wärme flutete ihn, wenn er Tom nur ansah.

„Ich denke, es ist besser, wenn wir uns wieder hinlegen und schlafen, der Tag war anstrengend dank der ausgearteten Feier. Eine Feier wie diese muss ich kein zweites Mal haben", sagte Tom und gähnte hinter vorgehaltener Hand. Langsam aber sicher holte ihn die Müdigkeit ein, die nach Timos schrecklichem Schrei wie weggeblasen gewesen war. Sein Blick fiel auf das Glas, das verloren in der rechten Ecke auf der Couch lag.

„Soll ich dir ein neues Glas Wasser holen? Du hast bestimmt Durst?"

Sie sahen sich in die Augen.

„Ich weiß ja wo die Küche ist, das kann ich mir selbst holen, aber danke für deine Fürsorge."

„Dafür sind Freunde da."

Verlegen blickte Tom auf seine im Schoß gefalteten Hände, hoffte, Timo würde ihn darum bitten, die Nacht bei ihm zu verbringen. Zu zweit war es weniger einsam und die Aussicht, diesen Schatz nah bei sich zu haben, ließ sein Herz hüpfen. Die Frage blieb aus. Enttäuscht seufzend, seine Schultern sackten herab, trat er hinaus in den dunklen Flur und ging zur Toilette. Während er seine Blase erleichterte, hörte er den Wasserhahn in der Küche, danach wurde es still. Die Klospülung sog laut gluckernd ab, das war das Einzige, was er hörte.

„Also, ich wünsche dir eine gute Nacht, Timo", rief er in Richtung Wohnzimmer, wo die Tür geschlossen in ihren Scharnieren lag. Erwartet hatte er noch so etwas wie: „Ich wünsche dir eine schöne restliche Nacht", aber nichts.

„Na dann halt nicht", sprach er bei sich und schlenderte zurück ins Schlafzimmer. Als er sah, wer da in seinem Bett lag, sprang ein Lächeln auf seine Lippen.

„W … was machst du hier?"

„Ich dachte, ich leiste dir heute Nacht, oder besser dem, was von der Nacht noch übrig ist, Gesellschaft. Ehrlich, dein Sofa ist zu unbequem für meinen schmächtigen Leib."

Mit seinen fast zwei Metern war das kein Wunder. Also wollte er nach seinem Albtraum gar keine Nähe und Geborgenheit finden, sondern lediglich seine Beine ausstrecken? Na klasse. Tom verzog unwillig den Mund und lupfte die Decke, um sich hinzulegen. Zwei Männer, wovon der eine ein echtes Kaliber war, waren zu viel für das eher schmale Bett, das ächzte und knarzte. Mit seinem Ellbogen berührte er Timos Leib, stieß mit dem Knie gegen dessen Unterschenkel.

„Hm, ist recht eng. Oder soll ich auf der Couch schlafen?"

Erstaunt blickte Timo ihn an.

„Nein, schlaf hier, das geht eine Nacht!“

„Meinst du, das ist eine gescheite Idee?“

Laute lachte der Gestaltwandler auf.

„Wir hatten vorhin engen Körperkontakt im Wohnzimmer, was soll deiner Meinung nach dagegen sprechen, wenn wir die Nacht in einem Bett verbringen? Nach allem, was heute war, tut uns beiden der Körperkontakt gut.“

Geräuschvoll schnappte Tom nach Luft, verdrehte die Augen und zuckte die Schultern. Ihm fiel kein brauchbares Gegenargument ein, das er hätte vorlegen können.

„Hast recht, dumm von mir.“

Ohne sich Gedanken um die intime Nähe in dem für ihn plötzlich sehr schmalen Bett zu machen, legte er sich auf die Seite, löschte das Licht und schloss die Augen. Hinter sich spürte er Timo, dessen Rücken an seinen stieß - was für ein herrliches Gefühl.

Das kann jede Nacht so sein.

Ein Dauergrinsen meißelte sich auf seine Lippen und plötzlich ging das Einschlafen ratzfatz.

Als Tom erwachte, war die Betthälfte neben ihm leer. Seine Hand tastete über das kalte Bettlaken, augenblicklich machte sich Enttäuschung in ihm breit. Gähnend rieb er sich die Augen und fragte sich, ob Timo in seinem Bett lediglich ein Traum gewesen war?

„Das war klar, Mann, hoffentlich ist er nicht schon nach Hause gefahren“, raunte er.

Er streckte sich, dann stand er auf, um das Fenster zu öffnen. Frische Luft strömte in das Zimmer, ließ seine Haut prickeln.

„Puh, ist das kalt!“

Sich über die mit Gänsehaut bedeckten Arme streichend, drehte er sich um und ging zum Bad, um Zähne zu putzen und zu duschen.

„Hey, nicht erschrecken.“

In dem Moment, als er die Badezimmertür öffnete, stand ein nackter Timo vor
ihm, viel zu schön, um wahr zu sein. Mehrmals blinzelte er, doch an dem Anblick von Muskeln und mit Tattoos überzogener Haut änderte sich rein gar
nichts. Ein einzelner Wassertropfen glitt langsam von der rechten Brust hinab,
am Bauchnabel vorbei und runter zum Schritt. Mit aller Macht hielt sich Tom
davon ab, weiter als bis zum stoppeligen Ansatz im Schritt zu schauen.
„Hey sorry, hab es die letzten zwei Tage nicht geschafft, mich zu rasieren, war
anderweitig beschäftigt", sagte Timo mit verschmitztem Grinsen.
Eigentlich erwartete Tom, dass Timo sich ein Handtuch nahm, um sein Ge-
schlecht zu verbergen, aber das tat er nicht. In seiner ganzen Pracht stand der
Mann vor ihm.
„Du hast mich gestern nackt gesehen, also, warum sollte ich meinen Körper
vor dir verbergen? Zieh dich aus und geh duschen! Wenn du möchtest, begleite
ich dich."
„Obwohl du geduscht hast?"
„Doppelt hält besser."
Was nun passierte, geschah wie von selbst, wie gelenkt von einer unsichtbaren
Macht. Von Timos magischem Blick hypnotisiert, entledigte er sich seiner
Shorts. Diese glimmenden Augen mit ihrem Grünschimmer lockten ihn einer
verbotenen Frucht gleich ins Paradies. Im engen Bad stand der Wasserdampf
als Nebelwand, was eine unheimlich mystische Atmosphäre erzeugte. Den
Luftzug vom gekippten Fenster nahm Tom kaum wahr, fixierte sich auf den
wohlgeformten Männerkörper. Mit Blickkontakt schritt Timo rückwärts zur
Dusche, öffnete die Glastür und trat ein. Er wartete, bis das Wasser warm ge-
nug war, um Tom unter den Strahl zu geleiten. Sein harter Schwanz streifte ihn
an der Hüfte.
„Ist das Traum oder Realität?", hauchte Tom.
„Als was auch immer du es für dich ansiehst."
Ein rauchig knurriger Unterton durchsetzte Timos maskuline Stimme, das
Schimmern seiner Iris schien stärker geworden zu sein. Und blitzten nicht

scharfe Hauer im Gebiss, waren da nicht plötzlich mehr Haare rechts und links des Mundes, die den Schnurrhaaren einer Katze ähnelten?

Schwachsinn!

Tom wandte sich zur Seite, bis er die hellen Kacheln der Dusche anschaute, kniff die Augen zu und schüttelte den Kopf. Dieser Nebel, der Wasserdampf war schuld daran, dass er nicht mehr das sah, was real war, eine optische Täuschung. Vor ihm stand Timo, kein Wesen, das einer Raubkatze ähnelte, denn Menschen verwandelten sich nicht in Tiere und umgekehrt.

„Ich will dich, lass uns nicht länger warten, ich weiß, wir passen zusammen. Mein Instinkt täuscht mich nie. Vertrau mir!"

Es brauchte wenige Worte Timos, um aus Tom einen rasenden Lüstling zu machen.

Egal was ich gesehen habe, alles egal, ich will ihn, so wie er mich.

„Darauf habe ich gewartet, Timo, Gott, ja, lass es uns hier treiben, hier unter der Dusche. Ich wollte schon immer mal Sex unter der Dusche haben."

„Du wirst lachen, aber für mich ist es auch das erste Mal unter der Dusche, dafür bin ich es draußen gewohnt", sagte Timo und lehnte sich ergeben an die Wand, gegen die ihn Tom drückte.

Ihm verging das Lachen, als er sich auf den Boden kniete, während das warme Wasser sich über Kopf und Schultern ergoss. Innerlich brannte er vor Begierde.

Das Wasser spritzte Tom ins Gesicht, was ihn nicht daran hinderte, Timos erigiertes Glied ohne zu blinzeln anzuschauen.

„Du bist schön."

Endlich schloss er die Augen und griff nach dem harten Stück Fleisch, fühlte den Adern nach. Nun stand er nicht mehr im Wasserdampf seiner engen Dusche, sondern unter einem tosenden Wasserfall in den Tropen. Optisch war Timo ein rassiger Kerl mit südländischem Einschlag, muskelbepackt und voller Tattoos, die fleischgewordene Sünde. Wie einer dieser Bad Boys aus den erotischen Gay Geschichten, die er hin und wieder las, ohne die schlechten Eigenschaften, die diese Gattung Mann gewöhnlich mit sich brachte. Vorsichtig nahm er das Glied in den Mund und saugte daran. Mit seinem Gestöhne erzeugte er Vibrationen, die wiederum Timo selbst zum Stöhnen brachten, der genießend seinen Kopf gegen die Kacheln lehnte. Dass in diesem intimen Moment wieder seine Reißzähne und Schnurrhaare sichtbar waren, störte ihn nicht. Er war dem Wasserdampf in der engen Duschkabine dankbar für das feine Gespinst aus abertausenden von Wassermolekülen, das seine wahre Natur verbarg.

Abwechselnd liebkoste Tom das harte Stück Männlichkeit mit Zunge und Fingern, mit der anderen massierte er die Hoden. Für ihn hatte das Geschlecht die ideale Länge und Dicke, es kam ihm eh nicht auf Länge an, eher aus einem passenden Gesamtpaket. Den beschnittenen Schwanz schätzte er auf um die sechzehn Zentimeter. Rundum harrten besagte Härchen - für gewöhnlich stand Tom auf glattrasierte Männer, aber bei Timo machte ihn das kratzige Erlebnis tierisch an. Von unten blickte er auf, folgte dem fast Eightpack bis hoch zur tätowierten Brust. Die gebräunte glänzende Haut schien puren Stahl zu überziehen, kein Gramm Fett gab es an diesem Körper. Dank Timos an die Wand gelehnten Kopfes konnte Tom die Muskelstränge am Hals bis zum Nacken verfolgen, den sichtbaren Adamsapfel und … er runzelte die Stirn. Goldorange Haare?

„Au, fuck, tut das weh!"

Vor Schreck standen Timo die Haare zu Berge, seine Eier schmerzten, weil Tom seine Hoden quetschte.

Immerhin nicht in die Eichel gebissen, ging ihm durch den Kopf. Was für eine Erleichterung, doch der pochende Schmerz in seinen Kronjuwelen ebbte nur langsam ab.

„Es tut mir leid, wirklich, das wollte ich nicht."

Auf dem Boden der Dusche hockte Tom, machte sich klein.

Hoffentlich greift er mich nicht an. Timo hat was von einem Raubtier, etwas katzenhaftes, aggressives an sich. Und wie er da steht, mit geballten Fäusten,

gesenkten Lidern, schnell gehendem Atem und den goldenen Augen. Goldenen
Augen?

„Keine Absicht, ich weiß, Tom. Welcher Mann würde einem anderen Mann
schon beabsichtigt dort wehtun, wo es ihm selbst wehtut?"

Grinsend hob Timo eine Augenbraue, senkte den Blick auf das Häufchen
Elend, das bis eben feuchte Männerträume hatte wahr werden lassen. Sein innerer Tiger half ihm dabei, die Schmerzen in den Eiern schneller zu überwin-
den, als es bei einem gewöhnlichen Kerl der Fall gewesen wäre.

Tigerherz kennt keinen Schmerz.

Der Tiger war in jeder Lebenslage ein Vorteil, in Stresssituationen blieb er gelassen, um bei absoluter Reizung gnadenlos zuzuschlagen, beim Sex liebte er
wild und beim Jagen tötete er schnell. Mit Freunden ging er liebevoll um,
Feinde erlegte er ohne Gnade. Für Timo war es mehr Vorteil denn Nachteil,
halb und halb aus Mensch und Tier zu bestehen. Der größte Nachteil bestand
darin, einem neuen Partner ohne Schrecken klarzumachen, *was* ihn ausmachte.

„Das Wasser wurde plötzlich ganz heiß", stotterte Tom und schluckte.

Er zuckte mit den Schultern, zog seinen Kopf ein, fühlte sich wie ein kleiner
Junge, den seine Mutter beim Klauen eines Schokoriegels erwischt hatte. Ja,
seine Ausrede für das Quetschen der Eier war das nicht existente heiße Wasser,
weil die Wahrheit in seinen Ohren lächerlich klang. Timo war kein Tier, auch
wenn es öfter danach aussah, so wie die Wesen, die es sonst nur in Büchern
und Filmen gab.

„Ja, klar, das Wasser war heiß, hm, angenehmer als eiskalt. Vielleicht wäre eis-
kaltes Wasser besser gewesen."

Grinsend drehte Timo das Wasser ab und packte Tom an den Haaren, zog ihn
in den Stand. Tom kam nicht dazu, zu protestieren, als volle Lippen sich auf
seine legten. Verlangend küsste Timo ihn, riss ihn an seinen wie gemeißelten
Leib.

„Wollen wir hier unter der Dusche Sex haben oder lieber doch erst noch …
ähm, Oralsex? Ich mein, wir sollten es langsam angehen lassen."

„Ich bin gesund und weiß, dass du es auch bist, falls du an einen Test denkst."

„Woher willst du das wissen?"

Skeptisch löste sich Tom, hielt ihn mit einer Hand gegen seine Brust auf Abstand, sah ihm in die Augen.

Entnervt schüttelte Timo den Kopf, ehe er: „Ich weiß es einfach, okay, du kannst mir vertrauen", sagte.

Seufzend packte er ihn im Nacken und drückte ihm seine Lippen auf. Jetzt hatte der andere keine Möglichkeit mehr, auszuweichen oder Gegenargumente vorzutragen, er war der animalischen Liebe des Tigerwandlers ausgeliefert.

Nach kurzem Unwohlsein verfiel Tom in eine Art Rausch, der keine Gedanken mehr an AIDS oder einen zu frühen *richtigen* Sexualkontakt zuließ. Aus den Augenwinkeln nahm er Timos Hand wahr, die nach dem neutralen Duschgel griff und etwas auf seiner anderen Handfläche verteilte. In freudiger Erwartung an die Fleischstange in seinem Hintern beugte er sich nach vorne, hielt sich mit beiden Händen an der Halterung der Duschapparatur fest. Hände massierten seine Arschbacken, zogen sie auseinander, bereiteten ihn sanft aber mit Nachdruck vor.

„Wenn es dir schmerzt, sag Bescheid!"

„Nein, mach endlich, kann es nicht mehr länger erwarten", stöhnte Tom und schloss die Augen.

Eine erneute Aufforderung benötigte Timo nicht, der mit seinem vom Duschgel seifigen Penis langsam den Widerstand des Muskelrings überwand. Einmal durch, ging es wie von selbst rein und raus, begleitet von Toms heiserem Gestöhne.

„Fester, fester!"

Wie wilde Tiere liebten sich die beiden in der Dusche, dabei ließ sich Tom von Timo fast bis zur Besinnungslosigkeit vögeln. Im Rausch der Lust pumpte ihm der Tätowierte den freischwingenden Schwanz mit einer Hand. Mit seiner Eichel traf er ständig die besonders empfindliche Stelle in Toms Innerem, was ihn bei jedem Treffer laut stöhnen ließ.

„Ich … ich …. ich bin gleich …“

„Rede nicht so viel, das verdirbt den Spaß.“

Um seiner Forderung Nachdruck zu verleihen, erhöhte Timo das Tempo und knurrte. Sein Tiger aber brüllte, wollte endlich heraus. Über noch härtere Stöße übergab er seinem Tier die Führung.

Die kühlere Luft durch das abgestellte warme Wasser nahmen die beiden Männer in ihrem Liebestaumel nicht wahr. Stöhnend und sich windend schraubten sie sich ihrem Höhepunkt entgegen. Tom kam zuerst, vergoss seinen Samen über Timos Finger. Erst als der junge Mann unter ihm weicher wurde, ließ er sich ebenfalls gehen und kam in mehreren Schüben.

„Und jetzt abseifen!“, sagte Timo, streckte sich und leckte sich über seine Reißzähne, die mal wieder zum Vorschein gekommen waren.

Nach der erotischen Dusche packten sich die beiden in Bademäntel und kuschelten im Bett, ehe sie sich anzogen. Toms Magen rumorte.

„Ich deck auf, du kochst Kaffee!“, sagte er und wies zum Kühlschrank, der einen großen Teil der kleinen Küche einnahm.

Es fanden hier ein Tischchen und zwei Stühle platz. Wenig Raum, um sich in der Wohnung zu entfalten, aber immerhin war die Miete günstig. Die perfekte Single-Wohnung.

„Hast du heute noch was vor?“, fragte Timo, als sie endlich gemeinsam am Tisch saßen und ihre Mägen mit aufgebackenen Brötchen fütterten.

„Marek und Sina schauen nachher vorbei. Wir wollen uns über den, ähm, weiteren Verlauf unterhalten.“

Er räusperte sich und fuhr mit den Fingerspitzen immer wieder über seine spärlichen Barthärchen am Kinn, was ein leise kratzendes Geräusch erzeugte. Einem gewöhnlichen Ohr wäre das entgangen, nicht aber Timo.

„Sprich es aus!“

„Was?“

Mit dem Marmeladenbrötchen vor dem Mund innehaltend, lenkte er den Blick auf Timo, der ihn mit geneigtem Kopf anlächelte.

„Ihr wollt euch über das weitere Vorgehen in Sachen Wilderer austauschen und einen Plan schmieden. Bitte, und ich bitte andere Menschen selten um etwas, um genauer zu sein nur die, an denen mir etwas liegt."
Zwischen den beiden entstand eine unheimliche Stille. Von Timos Worten tief berührt, spürte Tom, wie es in seinem Magen zu kribbeln begann. Seine Wangen liefen rötlich an. Er war es nicht mehr gewohnt, dass er jemandem etwas bedeutete, der nicht zu seiner Familie oder engstem Freundeskreis gehörte. Nach wie vor war Timo *eigentlich* ein Fremder für ihn.
„Ja, mir liegt etwas an dir und deshalb sage ich dir klipp und klar, pass auf, mit wem du dich anlegst. Diese Kerle sind gefährlich und scheuen nicht davor zurück, unliebsame Zeugen mundtot zu machen. Falls du weißt, was ich damit meine."
Natürlich wusste Tom, was er meinte, tot, im wahrsten Sinne des Wortes.
„Ich habe Erfahrungen mit Wilderern machen müssen, schreckliche Erfahrungen. Meine Familie wurde von Wilderern getötet, abgeschlachtet wie bei einer Hinrichtung."
Als er das aussprach, dachte er an den Traum aus seiner Vergangenheit, die Maschinenpistolen, die seiner Familie das Leben genommen hatten. An das Feuer, das gelegt worden war, um den Mord zu vertuschen. Die Regierung Indonesiens interessierte sich ohnehin nicht für den Schutz und Erhalt der Natur und der seltenen Tiere, deshalb war es ihre Aufgabe gewesen, etwas gegen den Raubbau zu unternehmen. Die Typen, die ihre Arbeit auf den Plan gerufen hatte, kannten keinen Spaß. Dass sie mit Härte vorgehen würden, hatte Timo geahnt, aber so etwas? Wenn er daran dachte, lief es ihm eiskalt den Rücken hinab. Wegen dieser Tat war er zum Killer geworden, hatte die drei Männer, die seine Familie töteten, zerfetzt, in Stücke zerrissen. Seine eigene Brutalität stieß ihn ab. Er schüttelte sich bei den Erinnerungen daran, wie er einem der drei mit bloßen Händen den Kehlkopf herausgerissen hatte, an das nass knirschende Geräusch dabei.
„Alles okay bei dir? Du wirkst wie weggetreten."

„Na ja, wie man es nimmt. Ich will ehrlich zu dir sein, aber ich habe gerade etwas im Kopf gehabt, von dem ich ungern erzählen möchte. Du würdest es nicht verstehen."

„Doch, ich denke schon."

„Wenn ich dir das erzähle, … nein."

Timo kratzte sich am Hinterkopf und aß weiter. Nein, er konnte Tom unmöglich von seinen Hochgefühlen erzählen, während er dem einen den Kehlkopf herausriss, den anderen mit seinen Krallen zerfetzte, bis ihm die Innereien aus dem Bauch hingen und den letzten mit einem Biss ins Genick erledigte. Ja, er hatte sich gut dabei gefühlt – und befriedigt. Leider waren es nur Mittelsmänner gewesen, an die Drahtzieher kam er erst später heran. Um zu erfahren, wer hinter dem feigen Attentat gegen seine Familie steckte, hatte er die Männer foltern müssen. Am Ende war es ihm gelungen, die Hintermänner zu erlegen. In Indonesien, wo ihn alles an seine Familie erinnerte, konnte er nicht mehr bleiben, das brachte er nicht übers Herz. Über Umwege war er in Deutschland gelandet, wo er sich trotz des oft kühlen Wetters wohl fühlte. Das lag am Gesundheitssystem und an den Werten, die die Leute lebten – und nicht zuletzt an Menschen wie Tom.

„Es gibt in meiner Vergangenheit ein paar Sachen, die ich dir nicht einfach erzählen kann. Sie sind unschön, ungeeignet für eine reine Seele wie deine. Was ich sagen kann, ist, es dreht sich um mein Engagement für Tier- und Naturschutz, was nicht allen Leuten gefallen hat. Meine Familie ist den Wilderern zum Opfer gefallen, was ich ja schon erzählt habe, das muss reichen. Und jetzt lass uns frühstücken, danach gehen wir in den Wald! Ich will dir was zeigen."

„Okay."

Sie aßen auf, räumten ab und gingen an die frische Luft. Zuerst hatten es Timo und Tom schlecht gefunden, die Firmenfeier Freitag nach der Arbeit stattfinden zu lassen, jetzt aber freuten sie sich über den freien Samstag. Immerhin hatte der Chef Gnade walten lassen und einen ruhigen Arbeitstag innerhalb der Firma gestaltet; aufräumen ... Der Arbeitsmontag, und damit ein Wiedersehen mit den Kollegen, lag für die beiden Männer noch in weiter Ferne. Es würde am Montag spannend werden, war sich Timo sicher, denn das, was Florian abgezogen hatte, war eine schriftliche Abmahnung wert. Wenn Herbert als Chef keine Eier in der Hose hatte, um seine Mitarbeiter zu leiten, würde er, Timo, ein ernstes Wörtchen mit Florian reden müssen. In ihm begehrte das Raubtier auf, getrieben vom Verlangen, diesen miesen Hund wie Beute zu erlegen.

6

Die Männer schlugen sich durch den verwachsenen Wald fernab der Wege. Genervt zog Tom hartnäckiges Gewächs, das dem nahen Winter trotzte, von seinen Beinen.

„So gern ich die Natur habe, die Ranken und Dornen nerven. Dauernd bleibt man hängen und zerreißt sich die Haut. Letztes Jahr war ich im Sommer unterwegs, dummerweise mit kurzer Hose. Meine Beine sahen aus wie zerstochen."

„Die wilden Brombeeren, da kann ich ein Lied von singen, aber hey, that´s life", pfiff Timo.

Abschätzig betrachtete Tom Timos schwarze Jacke. Fror der Kerl denn gar nicht in dem dünnen Stoff? Er selbst spürte die nasse Kälte des Herbsttages bis in seine Knochen, obwohl er eine gefütterte Jacke trug.

Ein Bild von einem Mann ist das, Muskeln über Muskeln, kein Wunder, dass der nicht friert, schoss es ihm durch den Kopf. *In seiner Freizeit geht er bestimmt kurzärmelig joggen, ernährt sich gesund und ist kein Stubenhocker. Ich muss ihn mal fragen, wie er es hinbekommt, so gut auszusehen und das ohne ein einziges Gramm Fett zu viel zu haben.*

Für seine eigene schlaksige Figur und seine helle Haut schämte er sich manchmal. Andere Männer nahmen ihn kaum wahr, weil er nach *nichts* aussah. Seine Optik gab einfach zu wenig her: er war weder besonders dick, noch besonders sexy. Auffallend unauffällig. Also musste es etwas anderes sein, das Timo an ihm gefiel. Es war sein Charakter, seine Gutmütigkeit und Hilfsbereitschaft. Auf gute charakterliche Eigenschaften kam es in erster Linie in einer Partnerschaft an, weniger auf das Aussehen. Was nützte das makelloseste Gesicht bei einem abgrundtief hässlichen Charakter?

„Wilde Brombeeren sind gesund", sagte Timo. „Hey, hörst du mir überhaupt zu?"

Aus seinen Gedanken gerissen, registrierte Tom, dass er stehen geblieben war.

„Ich hab nachgedacht, sorry, hab dir eben nicht zugehört."

„Ist egal, du bist süß, weißt du das?"

„Ist es süß, wenn ich in einen alten Brombeerstrauch renne, mich darin verheddere und fast auf die Nase falle?"

Er hob die rechte Augenbraue, sah seinem Gegenüber tief in die Augen. Aufgrund der feuchtkalten Luft drang der Atem sichtbar aus seinem Mund.

„Du bist einfach du, deshalb mag ich dich, dein Charakter ist rein, nicht falsch und hinterhältig."

Sentimental geworden, wich er Timos Blick aus.

„Deine Worte berühren mich gerade sehr."

Verlegen rieb er sich über die Wangen, schob eine vorwitzige Haarsträhne hinters Ohr. Seine braune Strickmütze segelte dabei zu Boden. Als er sich bückte, um sie aufzuheben, hatte Timo dieselbe Idee. Schmerzhaft stießen sie mit ihren Köpfen zusammen, stöhnten auf. Für Sekunden schien die Zeit stillzustehen. Die Männer sahen sich tief in die Augen, dann ging alles blitzschnell, Lippen prallten aufeinander, Haare rissen aus, erregtes Gestöhne drang durchs Unterholz.

„Ich bin verrückt nach dir, Tom, keine Ahnung warum, aber du hast mich direkt ins Herz getroffen. Wäre es nicht so kalt, würde ich dich an Ort und Stelle vernaschen. Das kannst du wörtlich nehmen."

Bevor die beiden knutschend zu Boden sanken, drückte Timo den anderen von sich.

„Wir sollten es besser lassen, sonst kann ich für nichts garantieren. Ist zwar ein abgedroschener Satz aber wahr."

Unter hastigem Atem hob und senkte sich sichtbar sein Brustkorb, seine Augen funkelten erregt.

„Lass uns weitergehen, mein Kleiner steht gerade seinen Mann und ich hoffe, er legt sich gleich wieder. Ne Latte in einer Jeans ist nicht gerade das, was ein Kerl gern hat."

„Du, mich stört die Kälte nicht, könnte dir Abhilfe schaffen, das bin ich dir schuldig."

Wie ein Kind, das eine Tafel Schokolade geschenkt bekam, grinste er Timo an,
der seinerseits lächelte.

„Hey guck mal, da sind Austernpilze", lenkte Timo ab, der Tom eine erotische
Einlage in der Eiseskälte nun wirklich nicht zumuten wollte.

Ihm als Tiger machte es nichts aus, doch ein Mensch kam fix an seine Grenzen
und auf abgefrorene Körperteile legte er es nicht an.

„Was für Dinger?"

Verdattert schüttelte Tom den Kopf, schaute dem ausgestreckten Finger nach,
bis sein Blick an grauen Pilzen hängen blieb, die übereinander an einem
Baumstamm wuchsen.

„Magst du Pilze? Falls ja, kann ich uns nachher was Leckeres draus zaubern.
Und falls du Fleisch da hast, dann ..:"

„Bioqualität."

Tom legte ihm eine Hand auf die Schulter, Nähe, die seine Seele streichelte.
Lange hatte er nicht mehr eine solche Zuneigung zu jemandem gespürt.

„Also dann, sammeln wir die Dinger ein und machen uns auf den Heimweg.
Deine Freunde wollten ja auch noch vorbeischauen, also besser, wir haben bis
dahin gegessen, damit sie nicht auf die Idee kommen, uns alles wegzuessen."

„Das machen die nicht."

„Na, ich kenne das, Freunde futtern sich gern durch, wenn etwas vor ihnen auf
dem Tisch steht, das ihnen das Wasser im Mund zusammenlaufen lässt."

Mit Wehmut dachte er an seinen besten Freund Jean, den er bei seiner Flucht
zurückgelassen hatte. Anders als er, war Jean hetero aber zu dem Zeitpunkt
ebenfalls Single. Er hatte französisch-asiatische Eltern und war jahrelang sein
treuester Weggefährte gewesen. Sein schlechtes Gewissen legte sich erst, als
sie bei Tom ankamen. Wärme umschmeichelte die Männer.

Tom knipste das Licht an, eine Wohltat für die Augen nach dem tristen Grau in
Grau. Obwohl die dunkle Jahreszeit mit dem November erst langsam in Fahrt
kam, wünschte sich Tom, wie viele Menschen, den nächsten Sommer herbei.
Er mochte die warme Jahreszeit lieber als die kalte, zumal die Winter keine

echten Winter mehr waren. Es gab Schmuddelwetter, das mit seiner unangenehm nassen Art in die Knochen ging und die Menschen den ganzen Tag müde und schlapp machte. Mit Sonne gestalteten sich selbst doofe Tag schön, sogar dann, wenn ein Kunde den Gesellen in praller Hitze kein Wasser zur Verfügung stellte. So etwas kam leider vor.

„Das Fleisch liegt im Kühlfach, weil ich es heute eh verarbeiten wollte. Ich kenne den Metzger persönlich, er zieht die Tiere mit Freilauf auf. Meine Vermieter haben ihn mir empfohlen."

„Cool, schreib mir bitte seine Adresse auf, dann kann ich mir dort auch was kaufen. Ich kaufe kein billiges Fleisch beim Discounter, unterstütze keine Tierquälerei."

Natürlich jagte er am liebsten selbst. Beim Gedanken an das während der Hatz durch den Körper zuckende Adrenalin, begann der Tiger in ihm zu knurren. Auch wenn er seinem Charakter entsprechend gern auf das Töten verzichten würde, der Tiger konnte und wollte das nicht. In diesen Fällen stellte er auf harte Weise fest, dass sein menschlicher Anteil inkompatibel mit der Großkatze war. In der Wildnis ging es weitaus rauer zu, als viele Menschen meinten. Beispielhaft dachte er an Afrika, an Dokumentationen im Fernsehen, wo Hyänen einer noch lebenden Antilope das Neugeborene aus dem Leib fraßen oder Krokodile Zebras die Bäuche aufrissen. Er hatte Ähnliches in Natura gesehen, selbst stets darauf bedacht, seiner Beute ein schmerzfreies Ende zu bereiten. Die einzigen, denen er diese Ehre nicht zuteilwerden ließ, waren diverse Wilderer. Seinen letzten Fang hatte er im Wutrausch zerfetzt, ohne auch nur einen Teil davon zu verzehren. Für seine Art war Gesetz, kein Lebewesen sinnlos zu töten, aber Wilderer sortierte er nicht als Menschen ein, sondern als unwürdige Kreaturen.

„Leider sind die Milliarden Menschen, die es mittlerweile auf der Erde gibt, auf günstiges Fleisch angewiesen."

Tom zuckte mit den Schultern, schaute betreten auf den Wandhaken, an den er seine Jacke hängte.

„Ich nehme mich nicht aus, weil ich Fleisch esse, aber eben bewusst und nicht jeden Tag. Kostet zwar mehr Geld aber ist dann so. Dass sich Menschen mit geringem Einkommen das eher nicht leisten können, ist verständlich."

„In der Welt läuft einiges schief, Tom, daran musst du dich gewöhnen. Ein paar Dinge können wir verändern, leider nicht alles. Das, was geht, das packen wir an. Den Luchsen da draußen können wir aktiv helfen und das tun wir."

Timos Augen leuchteten. Ja, der Mann verfolgte dasselbe Ziel wie er selbst. Mit Freude bemerkte Tom Timos zu Fäusten geballte Hände und die zusammengebissenen Zähne, die zu Schlitzen verengten Augen, die angespannten Muskeln. In diesem Augenblick wirkte er weniger wie ein Mensch, eher wie ein lauerndes Raubtier. Ein animalischer Anblick, der dem Schlaksigen durch Mark und Bein ging und Begehren weckte. Peinlich berührt schluckte er.

„Ich kümmere mich um das Fleisch, du um das Drumherum", lenkte Timo ab und klopfte im Vorbeigehen auf Toms Schulter.

Als er Timos Hand und kurz darauf dessen herb männlichen Eigengeruch wahrnahm, kribbelte es in seinem Bauch. In dem Flur war es eng, sodass er die Nähe zu Timo beim Vorbeigehen intensiv wahrnahm. Hätten sich Marek und Sina nicht angemeldet, wäre er mit ihm im Schlafzimmer verschwunden.

„Du weißt gar nicht, wie gern ich mit dir schlafen würde."

Die Worte flohen einfach so aus seinem Mund.

Dieses verdammte Verliebtsein bringt mich an den Rand des Wahnsinns oder einem Herzinfarkt näher. Besser schnell auf das Essen konzentrieren.

„Das können wir immer noch machen, ein bisschen Geduld."

Jeder gute Vorsatz, sich auf das Essen zu konzentrieren, ging den Weg alles Irdischen, denn Timo packte ihn an den Schultern und drückte ihn gegen die Wand. Dort kesselte er ihn mit den Händen je rechts und links zu seinem Kopf ein. Überrumpelt von dem Überfall, atmete Tom hektisch und starrte Timo tief in die Augen, während dieser stumm blieb. Es knisterte zwischen den beiden. Jedes Detail prägte sich Tom ein, fuhr dem markanten Kinn mit dem Bartschatten nach, folgte den Wangenknochen, die gerade Nase. Das war nichts gegen die funkelnd grünen Augen, dieser animalische Blick. Beim Ausschnitt des Shirts lugten die Ansätze der Tattoos hervor, die Brustkorb, Arme und Handrücken vereinnahmten. Die Körperkunst machte Timo für Tom unwiderstehlich, betonte seine Männlichkeit. Wenn seine Muskeln spielten, sah es aus, als bewegten sich die Tattoos wie Lebewesen. Timos goldene, grobgliedrige Kette erweckte den Eindruck, es mit einem reinrassigen Bad Boy zu tun zu haben.

„Wir haben Zeit, das kann ich nicht oft genug wiederholen, zumindest ich habe Zeit, es gibt niemanden, der auf mich irgendwo wartet. Außer ein guter Freund, aber dafür gibt es Telefone."

Er hat seine Familie auf grausamste Art verloren, holte sich Tom vor Augen und blickte verkniffen zu Boden. Auch wenn seine Eltern und er sich eher selten sahen, so hatte er noch Eltern. Es musste schlimm sein, Familie auf tragische Weise oder durch einen Mord zu verlieren.

„Schöne Worte, sie bedeuten mir viel."

Wieder verging ein Moment in Stille, eine Weile, in der sich die beiden Männer einfach nur in die Augen schauten. Toms Augen schillerten verdächtig. Ärgerlich über sich selbst, weil er viel zu nah am Wasser gebaut war, ging er der direkten Konfrontation aus dem Weg, indem er sich unter Timos Armen wegduckte und in die Küche floh.

„Wasch dir die Hände, dann fangen wir mit dem Essen an, ich sterbe vor Hunger."

Essen! Wie auf Kommando gab der Tiger grummelnde Laute von sich.

Im Badezimmer richtete Timo den Blick auf den Spiegel über dem Waschbecken, sah sich selbst in die Augen. Und er ließ zu, wie sich sein zweites Ich zeigte, ohne Furcht davor, von Tom überrascht zu werden. Die Gefahr, entdeckt zu werden, bereitete ihm ein Gefühl, als explodiere ein buntes Feuerwerk in seinem Innersten. Was würde ich dafür geben, ihm von dem zu erzählen, was ich bin", knurrte er, halb Tiger, halb Mensch.

Seine Gesichtszüge verzerrten sich, erst blieben seine Augen die eines Menschen, für die nächsten paar Sekunde wurden sie die eines Tigers. Aus dem humanoiden Gebiss wurde das eines Raubtieres, scharf und todbringend, die Nase die eines Tigers. Für eine Weile erkannte er den Tiger, seine Fingernägel verwandelten sich in Krallen. Als das Oberteil zu reißen drohte, stoppte er die Verwandlung mit Gewalt. In seinem Schädel detonierte eine Bombe, zumindest fühlte es sich für ihn so an, als der Tiger vor Wut brüllte.

„Alles in Ordnung da drinnen?"

Der Tiger gab Ruhe.

„Alles in Ordnung, was soll sein?", fragte Timo und schluckte. „Fuck, das wäre fast in die Hose gegangen", flüsterte er seinem Spiegelbild zu.

„Die Geräusche da bei dir klangen komisch, ähm."

Abrupt ging vor Tom die Tür auf. Erschrocken fuhr er zurück, ehe sie ihn zur Seite schleuderte.

„Ey, meine Tür, mach sie nicht kaputt!"

„Tut mir leid, manchmal kann ich meine Kraft schlecht einschätzen."

„Das merkt man. Hey, ich hab in der Küche alles für die Mahlzeit hingelegt. Wir können das Essen machen, damit wir fertig sind, bevor Marek und Sina da sind."

Nickend folgte Timo ihm.

Für die Dauer der Essenszubereitung verhielten sich die beiden Männer schweigsam, hingen ihren eigenen Gedanken nach. Erst als das Fleisch auf dem Herd schmorte und Tom die Teller herausholte, kam wieder Leben in die Bude.

„Diese Männer, die in der Kneipe waren ..."

Aufmerksam blieb Tom stehen, zwei Teller in der rechten Hand schwebten wie festgestellt in der Luft, in der anderen Hand hielt er die Tür des Schrankes fest.

„Welche Männer meinst du?"

Mit einem üblen Gefühl im Magen dachte Tom an das Filmmaterial und den Mann, der ihn offenbar gesehen hatte.

Das war einer von denen aus der Kneipe, oder doch nicht?

„Der Tag, als wir uns das erste Mal gesehen haben, wo du mit Michael in der Kneipe warst. Da waren Kerle.“

„Was ist mit denen?“, tat er ahnungslos.

„Die sind gefährlich. Sie wildern hier und frag mich bitte nicht, woher ich das weiß, ich weiß es einfach.“

Das Wasser für die Kartoffeln dampfte, ging vom Siedezustand ins Kochen über. Keine Zeit mehr für eine Antwort, denn das sprudelnde Wasser spritzte über den Rand des Kochtopfs. Genervt vom Doppelstress, schnappte sich Tom das Salz und gab etwas davon ins Wasser, danach waren die halbierten Kartoffeln an der Reihe.

„Für mich darf das Fleisch etwas blutiger sein“, sagte Timo. „Tut mir leid, wenn ich dich durcheinanderbringe, aber es ist mir ernst damit. Diese Männer sind sehr gefährlich und es wäre besser für euch, wenn ihr es nicht alleine angeht.“

„Was sollen wir nicht alleine angehen?“

Natürlich wusste Tom genau, was Timo meinte, tat aber so, als arbeitete er unbeirrt weiter.

„Du weißt genau, wovon ich rede, also tue nicht blöd.“

Das erste Mal hörte er einen strengen, keine Widerrede duldenden Unterton heraus. Etwas, das er Timo in seiner Gegenwart nicht zugetraut hatte, eher wenn es darum ging, resistente Leute wie Florian zur Räson zu bringen. Tom graute es vor Montag, dann würde er Florian wiedersehen, mit dem konfrontiert werden, was gestern auf der Feier vorgefallen war. Ihm lief es eiskalt den Rücken runter, dann aber schrie er auf, als heißes Wasser auf seine Hand spritzte.

„Herr im Himmel, Tom, was machst du denn da? Dreh das Wasser auf Sieben, das reicht aus, es kocht mit den Kartoffeln weiter.“

Bevor er den Schalter drehte, übernahm Timo für ihn.

„Setz dich und beruhige dich, wir bekommen das hin.“

Weinend brach Tom auf dem Stuhl zusammen, zu dem Timo ihn gebracht hatte. Der Schmerz, die Erinnerung an die Schmach durch Florian und die Tatsache, wie viele Luchse den Wilderern bereits zum Opfer gefallen waren, ließen ihn emotional zusammenklappen. Menschen taten der Natur Schlimmes an und er konnte nur ein Bruchteil dazu tun, dass es besser wurde. Da waren Timos starke Arme, die ihn hin und her wiegten, jemand war an seiner Seite, stützte ihn, anstatt sich über ihn lustig zu machen. Jeder andere Kerl hätte ihn als Weichei verlacht aber Timo nicht.

„Ich bin auf deiner Seite und stehe dir bei, egal was passiert. Gemeinsam schaffen wir das, wir erlegen diese Bastarde. Aber bitte, bitte keine Alleingänge. Weder du allein, noch gemeinsam mit deinen Freunden, die Kerle haben Waffen."

Bei dem Wort *Waffen* drehte sich sein Magen um und der Hunger verging ihm schlagartig. Obwohl es sich um ein Wort handelte, besaß es eine immense Durchschlagskraft, wirkte wie ein tödliches Werkzeug.

„Wir gehen zusammen los und rufen die Polizei, wenn wir genug Beweise haben."

„Ich habe Videomaterial mit Beweisen. Die Leute sind darauf zu sehen. Was, wenn sie hierherkommen und einbrechen, mich überfallen?"

Beruhigend strich Timo ihm mit seiner Hand über den Kopf, schenkte ihm Wärme und Nähe.

„So lange ich da bin, wird das nicht passieren, eher hat es ein Ende mit denen. Glaub mir und jetzt lass uns essen, ich habe wirklich Appetit."

Vorsichtig ließ er von dem jungen Mann ab, behandelte ihn wie ein rohes Ei, etwas, das dem Tiger als wildes Tier Zurückhaltung kostete.

„Bleib sitzen, ich mach den Rest!"

Nach und nach landeten Kartoffeln, Fleisch und grüne Bohnen auf dem Tisch.

„In einer halben Stunde sind Marek und Sina da. Bis dahin wollte ich den Tisch abgeräumt haben."

„Das schaffen wir."

Geschirrklappern und Kaugeräusche bestimmten die nächste Viertelstunde.

Erst nachdem Tom die letzte Gabel abgetrocknet in der Schublade verschwinden ließ, läutete der Dreiklang des Gongs.

„Perfektes Timing, was?"

Für Sekunden schauten sich die Männer tief in die Augen, dann lachten sie fast zeitgleich los.

„Wirklich perfektes Timing." Tom sah auf seine Armbanduhr. „Es ist kurz nach drei, sie sind wie immer pünktlich."

Etwas anderes war er von seinen besten Freunden auch nicht gewohnt als Pünktlichkeit, oder, wenn es der später wurde, eine Nachricht.

„Sie sind nett, das wirst du sehen. Du bleibst doch noch ein bisschen?"

Gespannt wartete er Timos Antwort ab.

„Natürlich, hab ich ja gesagt."

Tom ging zur Tür und ließ seine Freunde rein, begrüßte sie mit Handschlag.

„Verdammt kalt draußen."

Sina warf ihre schulterlangen dunkelblonden Haare nach hinten und rieb sich die Handflächen.

„Es wird Winter, was hast du erwartet?"

Die hohe Stimme gehörte zu Marek, der einen Kopf kleiner war als Sina. Er fuhr sich mit beiden Händen durch seinen roten Wuschelkopf, der Timo an Pumuckl erinnerte. Er lächelte, verbarg es aber hinter vorgehaltener Hand, weil er nicht den Anschein erwecken wollte, dass er sich über ihn lustig machte. Sich beim ersten Beschnuppern unbeliebt zu machen, oblag nicht Timos Art. Es gehörte zu seinem Charakter, den Menschen hinter der Fassade kennenzulernen und ihn mit seinen kleinen und manchmal auch größeren Macken zu akzeptieren. Ganz ungenießbaren Zeitgenossen ging er aus dem Weg oder suchte einen gesunden Mittelweg, der beiden Parteien passte, schließlich gab es hin und wieder Kunden, die zu dieser Sorte gehörten.

„Das ist übrigens Timo", stellte Tom vor, gestikulierte dabei überschwänglich mit den Händen.

Sein ganzes Gesicht strahlte.

„Ah, der Mann, von dem du mir die ganze Zeit vorschwärmst, wie geil er ist?“
Sein fröhlicher Blick wich einem, der aussah, als hätte er in eine Zitrone gebissen. Konnte Marek nicht ein einziges Mal hinter dem Berg halten, anstatt los
zu grölen? Für den gebürtigen Pole war es normal, laut und schnell zu sprechen. Viele Leute nervte er mit seiner zappeligen Art, nicht jedoch Sina und
Tom.

„Genau der“, sprang Tom drauf an und verdrehte die Augen. „Schrei es am
besten gleich heraus, dann wissen es auch meine Vermieter.“

„Die werden es auch so mitbekommen, kann mir nämlich nicht vorstellen,
dass der Sex zwischen euch leise ist. Hey, der Kerl ist ein Traum auf zwei Beinen, da muss der Sex einfach wild und animalisch sein.“ Mit beiden Händen
deutete er theatralisch auf Timo, ähnlich wie ein Showmaster den nächsten Act
ankündigte. „Bin beeindruckt von diesem Mann, der sieht besser aus, als wie
ich ihn mir aufgrund deiner Beschreibungen vorgestellt hatte. Diese Muskeln!
Sind die echt?“

„Nein, nur aufgeklebt“, lachte Timo und schob den Ärmel seines rechten Ar-
mes hoch. „Fühl mal, da ist nix aufgepumpt.“

Das ließ sich Marek nicht zwei Mal sagen, der bewundernd die entsprechenden Gliedmaßen betastete. In der Zwischenzeit stellte Sina Gläser auf den
Tisch, Tom holte Cola und Wasser plus Chips für das Quartett. Gemeinsam saßen sie im Wohnzimmer und schwatzten über alltägliche Dinge. Die beiden
jungen Menschen verstanden sich auf Anhieb mit Timo, nahm Tom erleichtert
auf. Am meisten Angst hatte er davor gehabt, seine besten Freunde würden ihn
nicht mögen oder umgekehrt. Genauso wie er, tickten die beiden in vielen Be-
langen *anders*, interessierten sich für Dinge, die die meisten jungen Leute
langweilig fanden. Partygänger waren sie alle drei nicht, schätzten die Stille
der Natur und das Beobachten von Tieren in ihrem natürlichen Lebensraum.
Ihr Motto: Zelten statt feiern.

„Was macht ihr beruflich?“, fragte Timo.

„Landschaftsgärtner.“

„Ich arbeite in einem Tierheim", antwortete Sina, griff nach dem Glas und trank einen Schluck Selters.

Marek nahm mehrere Chips aus der Schale und stopfte sie sich ungeniert in den Mund.

Sich seinen Teil denkend, lauschte Timo dem trockenen Krachen der Chips, beobachtete die Kieferbewegungen beim Kauen. Wenn er als Tiger Knochen knackte, um an das Mark zu gelangen, klang es ähnlich.

„Was guckst du?", fragte Marek, wobei Stückchen aus seinem Mund flogen, als er sich fast verschluckte.

„Mit vollem Mund spricht man nicht", strafte Sina ab, klopfte ihm direkt auf den Rücken, um den Fremdkörper im falschen Hals zu lösen.

Seit Jahren hoffte Tom, aus den sehr guten Freunden Sina und Marek würde sich ein Paar ergeben, aber bis heute wartete er vergebens. Sie meinten unisono, eine Partnerschaft würde das Band zwischen ihnen bloß zerstören. Für Timo und sich erhoffte er sich auf lange Sicht mehr als Freundschaft mit Vorzügen, nämlich eine Beziehung. Etwas sagte ihm, Timo war sein Mr. Right, der perfekte Mann, um miteinander alt zu werden. Jede Sekunde, die er mit ihm verbrachte, verstärkte das Gefühl.

Nachdem Marek einen Schluck getrunken hatte, räusperte er sich und blickte, sich die Hände reibend, in die Runde.

„Wenn das geklärt wäre, würde ich gern zu einem unschönen Thema kommen. Die Wilderer."

Er schaute Timo in die Augen.

„Er weiß, was wir in unserer Freizeit machen", sein Blick glitt zu Tom, der ihm am Telefon einiges über Timo erzählt hatte, „also kann er dabei bleiben, wenn wir darüber reden."

„Ich unterstütze euch, aber ich muss jetzt leider los."

Seinen in Indonesien verbliebenen Freund wollte er heute gleich schreiben und ihm den Vorschlag unterbreiten, so schnell wie möglich zu ihm nach Deutschland zu kommen. Der Mann war, wie er selbst, handwerklich begabt, dass die

Idee von einer Selbstständigkeit aufflammte. Mehrfach hatte er mit dieser Idee geliebäugelt aber es bisher nie umgesetzt. Immer war etwas dazwischen gekommen, meist sein inneres Tier, das ihn dazu zwang, *Umweltschweine* zu vernichten. Seitdem seine Familie den Bastarden zum Opfer gefallen war, gärte der Hass auf diese geldgeilen Zweibeiner.

„Jetzt schon?", fragte Marek, hielt mit einer weiteren Handvoll Chips vor seinem Mund inne. „Wir haben uns gerade mal eine knappe Stunde gesehen und gesprochen."

Timo betrachtete die langen, gespreizten Beine, die in einer hässlichen hellbraunen Cordhose steckten. Sein langärmliges Shirt hatte eine ähnliche Farbe, die seinen Tiger zum Aufstoßen brachte.

„In Sachen Klamotten kannst du nachlegen, Junge", sagte Timo zwinkernd.

„Bin ja nicht kleinlich, aber deine Klamotten sehen schrecklich aus. Und nein, das ist keine Beleidigung, aber ich nehme eben kein Blatt vor den Mund, gewöhne dich da am besten dran."

„Oh, dasselbe hat Sina auch schon mal gemeint und nein, ich bin nicht sauer, aber ich hab einfach keine Zeit, um shoppen zu gehen."

„Dann nehmen wir uns die Zeit, wenn wir das Thema durch haben." *Thema* betonte er besonders, damit alle wussten, was er meinte. „Gutes Zeug muss nicht teuer sein, auf Markennamen stehe ich nicht, aber meine Sachen sind trotzdem stilvoll."

Mit rückwärts gerichtetem Daumen deutete Timo auf sein schwarzes, schlichtes Oberteil, das seine Muskeln optisch hervorhob. Die Hose war ebenfalls schwarz, gehalten von einem Gürtel mit silberner, als Tigerkopf geformter Schnalle. Diesen sexy Anblick rundeten nietenbesetzte, glänzend schwarze Schuhe mit dicken Sohlen ab.

„Über Kleidung kann man sich streiten", sagte Sina. „Mir ist es egal, was jemand trägt, Hauptsache der Charakter ist okay."

„Wenn jemand wie ein abgerissener Lump daherkommt, ist es wenig vorteilhaft", sagte Tom.

„Ich muss jetzt los", sagte Timo mit drängender Stimme, tickte auf seine Armbanduhr. „Über *Kleider machen Leute* unterhalten wir uns ein anderes Mal, das ist nebensächlich. Ach ja, nächstes Wochenende bin ich für meinen besten Freund verplant."

„Was bedeutet das für uns?"

Timo drehte sich zu Tom, der von der Couch aufstand.

„Meine Bitte an euch, bleibt hier, arbeitet einen Plan aus, wie wir vorgehen wollen, aber keine Aktion ohne mich. Diese Männer sind gefährlich, wirklich gefährlich." Eindringlich blickte er seinem Freund in die Augen, der den Blick mit leicht geöffnetem Mund erwiderte, sah dann erst Sina und Marek an. Wartete ihr Nicken ab. „Es ist mir sehr wichtig, ich möchte von euch noch etwas haben, wenn ihr versteht."

Alle drei nickten.

„Gut, dann sehen wir uns am Montag auf der Arbeit."

Beim Wort Arbeit zuckte Tom sichtbar zusammen.

„Florian tut dir nichts, dafür sorge ich und sollte er doch etwas machen, dann erledige ich das auf meine Art."

„Will ich genaues wissen?"

„Ich denke, nein."

Das geheimnisvolle Lächeln raubte Tom den Atem, einmal mehr kribbelte es und das nicht nur in seinem Bauch. Sein Verlangen, sich diesen Kerl zu schnappen und in einen Raum zerren, um sich von ihm bumsen zu lassen, wuchs ins Unermessliche. Dies war einer der wenigen Momente, in denen er sich über die Anwesenheit seiner Freunde ärgerte. Für Zweisamkeit mit Timo hätte er sich ein Bein ausgerissen aber es war, wie es war.

„Bin gleich wieder da, bringe Timo nur eben zur Tür."

Als Tom in den Flur trat, hatte Timo seine Jacke bereits übergezogen, war beim Hochziehen des Reißverschlusses.

„Auch wenn ich Gefahr laufe, mich zu wiederholen, geht nicht allein in den Wald, um diese Kerle zu *verhaften*."

„Diese Männer aus der Kneipe?“

„Ja.“

„Was soll ich machen, wenn ich sie wiedersehe, die Polizei anrufen? Ohne Beweise macht das keinen Sinn, ich weiß das. Das hab ich hinter mir, die konnten denen nichts beweisen, mussten sie laufen lassen. Hinterher haben sie mich verfolgt und mich beinahe ...“ Er schluckte, als er an die Attacke dachte. „Sie haben mich überfallen. Zum Glück hat mir jemand geholfen, ein Polizist, der nach Dienstschluss auf dem Weg nach Hause war. Danach fuhren die ein. Gefährliche Körperverletzung. Das ist mit ein Grund, warum mein Selbstbewusstsein nicht sonderlich stark ist.“

„Verständlich.“

„Soweit ich weiß, sind es Leute aus dem Ostblock gewesen, die in ihr Land überführt und dort wegen noch anderer schlimmer Dinge für lange Zeit eingesperrt wurden. Trotzdem bin ich vorsichtshalber umgezogen, hierher ins Abseits, aufs Land. Man weiß nie, wo die Hintermänner sich versteckt halten, wie ihr Netzwerk aufgestellt ist.“

„Das ist der Grund, warum ich nicht möchte, dass ihr euch alleine auf die Lauer legt, ich habe Erfahrungen mit diesem Gesindel.“

Er stemmte die Hände in die Seiten, stellte sich breitbeinig hin, nahm den gesamten Flur mit seiner Aura ein. Tom fühlte sich wie von einem Schatten verschluckt, einem Schatten mit Zähnen und Klauen.

„Wir bleiben hier!“, schoss es aus ihm heraus.

Bauchschmerzen bereitete ihm diese Aussage, denn sicher würde er mit Sina und Marek vorab losgehen, um die Lage zu checken. Einerseits wollte er Timo nicht belügen, andererseits half jeder Tag, einzelne Luchse zu retten. Und was sollte passieren, wenn sie vorsichtig und zu dritt waren?

Timo öffnete seine Lippen, was Tom zu einem innigen Kuss anspornte. Beim Knutschen waren sämtliche Ermahnungen zur Vorsicht vergessen.

„Ohne deine Freunde hätte ich dich längst vernascht“, keuchte Timo zwischendrin, packte Toms Gemächt mit einer Hand durch die Hose und drückte zu.

Nicht schmerzhaft aber spürbar genug, um Tom zum Aufstöhnen zu bringen und Revanche zu üben.

„Hey Timo, kommst du mal wieder?"

„O Mann, kann Marek mich nicht für ein paar Sekunden in Ruhe lassen, wenn er weiß, dass wir hier knutschen? Das macht er mit Absicht."

„Deine Freunde sind nun mal hier, dann kümmere dich um sie. Wir haben in Zukunft genug Gelegenheiten für … Sex!"

„Bis dann."

Ein letzter Kuss, dann verschwand Timo um die Ecke.

7

„Dein Timo ist ein Schnuckelchen, wer sich da nicht verliebt, bei dem stimmt was nicht. Aber er scheint vor allem ein lieber Kerl zu sein, das wichtigste Kriterium“, sagte Sina, die sich ihr Glas mit Cola nachfüllte.

„Na ja, Sex ist total unwichtig in einer Beziehung“, sagte Marek mit Sarkasmus in der Stimme, verdrehte die Augen und stopfte weiter Chips in sich hinein.

„Dass du bei der Menge an Knabberkram, die du so vertilgst, nicht zunimmst, ist mir ein Rätsel.“

Mit grimmigem Blick die wenigen verbliebenen Paprikachips in der Schale auf dem Tisch anstarrend, strich sich Sina über ihren Bauchansatz.

„Wenn ich etwas esse, setzt das sofort an.“

„Vielleicht mehr Sport machen!“

„Ja klar! Es liegt bei mir an der Schilddrüse, eine Unterfunktion, sagt mein Arzt und deswegen muss ich Tabletten einnehmen. Hoffentlich ändert sich damit am Gewicht was.“

„Meinst du, Tabletten sind dein Freifahrtschein, um maßlos zu essen?“ Marek riss seinen Kopf hoch und lachte laut. „Auf deine Figur musst du trotzdem achten.“

Sina zeigte Marek den Vogel.

„Wollen wir über Belangloses reden oder uns über die Wilderer unterhalten?“, fragte Tom und ließ sich neben Sina nieder. „Deshalb seid ihr doch hier, obwohl ihr heute Abend was anderes vorhabt.“

„Zu dumm mit deiner Jubiläumsfeier, denn eigentlich wollten wir ja gestern Abend losziehen. Heute muss ich zu meiner Mama, die braucht Hilfe bei den Hochzeitsvorbereitungen meiner Schwester“, sagte Sina und seufzte.

„Tja und ich bin mit meinem Vater zum Vater-Sohn-Abend verabredet, der ist ein Mal im Monat und hat Tradition. Bin dafür, dass wir nächstes Wochenende weiter auskundschaften. Wir werden nicht aktiv, schauen nur, was abgeht, sonst können wir gar nicht vernünftig planen."

„Du hast doch gehört, was Timo gesagt hat, die Männer sind gefährlich und das glaube ich ihm."

„Na ja, wäre Timo nicht gekommen, müssten wir trotzdem etwas unternehmen, also warum nicht nächstes Wochenende?"

Marek blickte fragend in die Runde und wartete auf eine Antwort.

Tom schluckte, kratzte sich den Nacken, fühlte sich schlecht, weil Marek im Grunde recht hatte. Wie sollten sie planen, ohne zu wissen, wie die Männer agierten?

„Wir müssen auf jeden Fall vorsichtig sein, es kann sonst was passieren, wenn die Kerle herausfinden, dass wir sie beobachten. Was wohl bereits geschehen ist, als ich abends filmte."

„Vielleicht hast du es dir eingebildet, das ist normal, wenn der Körper mit Adrenalin vollgepumpt ist", sagte Marek.

„Ich bin mir sicher, er hat geschaut und kam dann in die Kneipe. Ich kann dir das Video zeigen. Wir müssen vorsichtig sein, Mann, ich hänge an meinem Leben."

„Ich auch, aber hey, was sollen die Kerle groß machen, auf uns schießen?"

„Nein, aber was ist, wenn es da jemanden gibt, von dem wir bisher nichts wissen. Praktisch ein unsichtbarer Helfer, der Leute wie uns, der Gruppe *meldet*. Habt ihr daran schon mal gedacht?"

Fragend blickte Sina in die Runde, ihr war unwohl bei der Sache.

„Du bist echt mutlos geworden."

„Was soll der blöde Spruch denn?"

Mit empörter Miene musterte Sina ihren besten Freund, der unschuldig tat und am Fingernagel seines rechten Daumen pulte.

Die Stimmung entwickelte sich in eine falsche Richtung. Fröstelnd ruckte Tom auf seinem Sitzplatz neben Sina hin und her, hoffte auf schnelle Deeskalation.

„Das, was wir machen, war und wird immer gefährlich bleiben, egal, ob wir einen Schweinestall observieren oder eine Putenfarm. Die Gefahr lauert überall, wenn sich jemand, wie wir, für Tiere in Not einsetzt, aber irgendjemand muss ihnen ja eine Stimme geben", sagte Marek, der die letzten Chips aus der Schale klaubte.

„Dann ziehen wir nächste Woche ohne Timo los, aber wie gehabt als stille Beobachter", entschied Tom.

„Abgemacht!"

„Abgemacht!"

Nach einer Stunde lockerer Zusammenkunft verließen die beiden jungen Leute Tom und er genoss den restlichen Tag für sich mit einem Computerspiel. Am Sonntag schlief er aus und besuchte seine Eltern, wo es Kaffee und Kuchen gab.

***

Am Montag, der Sonntag war wie üblich viel zu schnell vergangen, wartete Tom im Nieselregen unter dem Vordach auf Michael. Dick eingemummelt in seine Winterjacke, die Hände in den Taschen, den Schal doppelt umgeschlagen, fror er trotzdem. Seine innere Kälte resultierte nicht aus dem seit Tagen nasskalten Schmuddelwetter, sondern aus der Tatsache, in wenigen Minuten Florian gegenüberstehen zu müssen. Er wünschte sich, seine Hände waren schweißnass, dass Florian heute nicht in der Firma war.

Hoffentlich liegt er mit ner Grippe flach. Ach was, das ist kindisches Wunschdenken. Gib dich wie ein Mann und wehre dich gegen den Arsch!

Kämpferisch euphorisch ballte er die Hände zu Fäusten.

Als der Wagen um die Ecke bog, war Michael mit zehn vor acht selbst für seine Verhältnisse spät dran.

„Guten Morgen. Hattest du ein schönes Wochenende?"

Dass Michael nach dem Wochenende fragte, bevor er eingestiegen war, war für Tom hingegen nichts Neues. Er deponierte seine Arbeitstasche im Fußraum und stieg ein, schnallte sich an.

„Ja, war gut und deins?"

Ein kurzer Blick in die Augen des anderen und Tom wusste Bescheid. Der

Kollege verspürte ungefähr dieselbe Lust auf den Arbeitsmontag wie ein Schwein den Gang zum Schlachter.

„Die Party ist leider ausgeartet, also nicht die am Freitag, ach was, die auch, aber meine am Samstag, die meine ich. Hab es mit meinen Freunden ein wenig übertrieben.“

„Deine Partys sind legendär.“

Gähnend lehnte sich Tom im Sitz zurück, versuchte nicht an die anstehende Arbeit zu denken. Bei dem Mistwetter auf einem Dach herumzuklettern gehörte eh nicht gerade zu seinen Lieblingsaufgaben. Einziger Lichtblick war das Wiedersehen mit Timo. Zu seinem Leidwesen verging die Fahrt zur Arbeit flotter, als ihm lieb war.

„Los, auf auf!“

Michael zog an seiner Jacke, von draußen wehte kalte Luft ins Wageninnere. Sofort registrierte Tom die offene Beifahrertür und gab ein Stöhnen von sich.

„Nerv doch nicht!“

„Gott, Mensch, ich wäre auch lieber im Bett geblieben, anstatt aufzustehen aber nun ist es so. Hoch mit dir!“

Murrend löste Tom den Gurt, schnappte sich seine Tasche und stieg aus.

Im Raum der Gesellen herrschte eine gedrückte Stimmung, die Tom und Michael wie ein Schlag traf. Kein typisches Stimmen-Wirrwarr am Montagmorgen, sondern Schweigen im Walde. Als er Timo am Tisch, auf dem einige alte Bild-Zeitungen lagen, sitzen sah, hellte sich sein Blick auf.

„Was ist denn passiert?“, fragte er, weil niemand etwas sagte.

„Florian hat sich krank gemeldet, einer seiner Freunde wurde unweit von hier im Wald tot aufgefunden.“

„Was?“

Wie lauter Nadelstiche prickelte es eiskalt sein Rückgrat hinab, sämtliche Härchen stellten sich auf. Wurde Florians Freund von einem der Wilderer erschossen? Eine naheliegende Frage.

„Der hat sich heute Morgen bei Cheffe krank gemeldet, weil es sein bester

Freund gewesen ist, den sie zerfetzt aufgefunden haben. Aufgrund eines Rings am Finger konnten sie den identifizieren, wie ich es verstanden habe. Etwas oder jemand hat den Leichnam übel zugerichtet, da war nicht mehr viel zu erkennen."

Der dreiundzwanzigjährige Jörg redete gelassen, nur in seinem Gesicht spiegelte sich der Ekel wider, den er empfand. Geschahen Gewalttaten im Film, war es spannend, in der Realität sah es anders aus und wenn Morde im direkten Umfeld passierten, schockierte es die Menschen.

„Er war auch ein Bekannter von mir", sagte Dirk, der die Information über Florians toten Freund in die Runde geworfen hatte. „Ich weiß mehr, als Herbert weiß, der weiß vom Zustand der Leiche gar nichts, ist wohl besser so. Die Polizei ermittelt, aber eine Spur hat man, soweit ich weiß, bisher nicht. Es sieht danach aus, dass es kein Mensch gewesen ist, die Wunden erinnerten an ein Raubtier."

Beim Blick zu Timo bemerkte Tom eine Veränderung an ihm, er wirkte aufgeregt. Die Kollegen bekamen die Veränderung der Körperhaltung gar nicht mit, fixierten sich auf das, was Dirk erzählte. Wie gebannt hingen sie an seinen Lippen.

„Weißt du zufällig, wann Florian zurückkommt?", fragte Jan.

„Nein, aber diese Woche fällt er aus, das ist gewiss. Er ist gestern, als er vom Tod seines Freundes erfuhr, zusammengebrochen. Männer weinen selten, und er ist der Letzte, der weinen würde, aber das ist ihm nahegegangen."

„Jeder bekommt das, was er verdient", flüsterte Timo und grinste in sich hinein.

Erregung sammelte sich in seinem Unterleib, breitete sich von dort wie ein Adrenalinstoß in seinem Körper aus. Brüllend äußerte der Tiger seine Freude über Florians Zusammenbruch und bestätigte ihm gleichzeitig seinen Verdacht. Bald würde auch Tom die Wahrheit erkennen.

„Florian hat sich zwar krankgemeldet, aber den Berg an Aufträgen macht es nicht kleiner."

Polternd knallte die Tür gegen die Wand und Herbert betrat den Raum. Seine
Gestalt wirkte im kleinen Raum, den er mit seiner Präsenz füllte, mächtig.
„Wir machen uns an die Arbeit, die Teams hab ich bereits eingeteilt und mir ist
es egal, ob der Regen mehr wird oder nicht, die Arbeit muss ja erledigt wer-
den."
Betreten blickten die Männer zu Boden oder auf ihre Schuhspitzen, denn sie
wussten, dass das noch nicht alles war, was ihr Chef zu sagen hatte.
„Ich bin enttäuscht von euch, das ist euch bestimmt klar."
Ein Raunen ging durch die Runde.
„Es tut uns leid", sagte Jan, sprach für alle Anwesenden.
Seine Schultern sackten ein, der Kopf fuhr zurück wie der einer Schildkröte
bei Gefahr in ihren Panzer.
„Das tut es immer, nachdem es eskaliert ist. Mann, ich stehe wie der letzte Idi-
ot vor dem Kneipier da. In dem Laden kann ich mich die nächste Zeit nicht
mehr blicken lassen. Es heißt, der Typ hat seine Mitarbeiter nicht unter Kon-
trolle, vielleicht verliere ich sogar Aufträge."
„Ach Quatsch, so schlimm wird es nicht", sagte Michael. „Morgen gibt es bei
den alten Säufern wieder andere, spannendere Themen als irgendein eskaliertes
Saufgelage."
„Jedenfalls bin ich enttäuscht von euch. Florian erhält eine schriftliche Abmahnung, ihr mündlich."
„Wer Kollegen offen beleidigt, hat es nicht anders verdient", sagte Timo.
Sein ernster Blick glitt von einem zum anderen. Am liebsten hätte er: „Wäre
ich hier der Boss, hätte Florian seine Kündigung wegen Diskriminierung erhal-
ten", hinzugefügt. Immerhin war er seiner gerechten Strafe mehr oder weniger
zugeführt worden.
„Das hat er nicht so gemeint, der war betrunken am Freitag."
Die Stuhlbeine kratzten über den Boden, als Timo abrupt aufstand und auf
Dirk zuhielt. Er kam ihm nahe, bis sich ihre Nasenspitzen berührten.
„Der war nicht betrunken, der wusste ganz genau, was er gesagt hat und er hat

jedes verdammte Wort gemeint, wie er es sagte."

Eisern hielt er den Blick zu dem anderen Mann, ließ ihn nicht entkommen.
Wie festgenagelt blieb Dirk stehen, sein Mund halb offen, doch es kam kein
Ton über seine Lippen.

„Jedes einzelne Wort an Tom meinte er ernst, weil er ihn nicht ausstehen kann,
der Alkohol hat lediglich seine Zunge gelockert. Diskriminierung würde ich an
keiner Stelle dulden."

„Das tue ich auch nicht, hier in meiner Firma wird jeder mit Respekt behandelt. Aber ich erbitte dasselbe von den Mitarbeitern gegenüber ihres Chefs und
das war am Freitag nicht der Fall. Wir sind ein kleines Team in einem inhaber-
geführten Unternehmen, das von seinem Ruf lebt. Wir können uns keine nega-
tive Presse erlauben, Jungs. Die Zeit, in der ihr wie Teenager hausiert habt,
sind lange vorbei. Ihr wollt wie Erwachsene behandelt werden? Also verhaltet
euch wie Erwachsene und jetzt an die Arbeit!"

Damit verschwand der Chef aus dem Zimmer und überließ seine Mitarbeiter
dem Tagesgeschäft. Raunen und Räuspern erfüllte die stille Leere, die Herberts
Weggang hinterlassen hatte.

„Ihr habt es gehört, Jungs, gehen wir zur Tagesordnung über und fahren zu den
Baustellen", sagte Jan schulterzuckend.

„Und was, wenn der Mörder hier herumrennt?", fragte Ronald, ein Azubi mit
pausbäckigem Gesicht und hellblonden spärlich gesäten Haaren.
Im Gegenlicht der von der Decke baumelnden Industrielampe glänzte sein Gesicht wie geölt.

„Was soll er tun, dich jagen und fressen?", fragte Kai, klopfte ihm auf die
Schulter. „Spaß. Es wird nichts passieren und jetzt komm, bevor der Chef böse
wird."

Jan nahm ihn bei der Schulter und drückte ihn hinter den anderen aus dem
Raum, bis Timo und Tom übrig blieben.

„Das ist eine Überraschung, mit der ich gar nicht gerechnet habe. Gestern hab
ich mir gewünscht, Florian wäre nicht da, krank oder was auch immer, aber

das?“

Für ihn war das mit dem Todesfall unfassbar.

„So kann′s gehen.“

Aufmunternd stupste Timo ihn an, drängte ihn gegen die Wand, darauf achtend, dass keiner den Raum betrat. Die leiser werdenden Stimmen auf dem Gang sicherten ihn ab – sie blieben zu zweit.

„Kommt keiner, keine Angst. Florian wird dich in Ruhe lassen, darauf kannst du dich verlassen, das habe ich dir gesagt und ich stehe zu meinem Wort.“ Mehr Worte waren nicht nötig, bei beiden rutschte das Herz in die Hose. Sie küssten sich wie nach wochenlanger Abstinenz mit harten Schwänzen, die in ihren Gefängnissen rebellierten.

„In der Mittagspause suchen wir uns ein lauschiges Plätzchen“, raunte Timo. „Bist du dabei?“

„Ja.“

Obschon es krude war, so zu denken, beflügelte Florians Fehlen Tom, erfreute ihn. Als positiver Mensch behandelte er Menschen wie er selbst behandelt werden wollte und dachte ungern schlecht über andere, in diesem Fall konnte er nicht anders. Manche Leute waren selbst schuld, wenn jemand ihnen nichts Gutes wünschte oder wenn ihnen etwas zustieß. Gott, dachte er heute böse.

„Kommst du?“

„Ja, ja sicher.“

Er schüttelte die fiesen Gedanken ab und folgte Timo hinaus in den Arbeitstag.

Das Arbeiten gestaltete sich trotz des Schmuddelwetters als angenehm. Wie es den anderen erging, die ihrer Gruppe zugeteilt waren, entnahm er deren mürrischen Mienen. Tom und Timo arbeiteten Hand in Hand, einer gab die Dachziegel, der andere befestigte sie. Fix lag die Mittagspause vor ihnen, die die anderen drei Männer, darunter Jan, im Firmentransporter bei Rapmusik und Brot verbrachten. Die Verliebten verzogen sich in den Geräteschuppen und gaben sich ihrer Liebe hin, soweit das in einem engen Holzhäuschen ging. Timo kniete vor Tom, massierte seine Latte und seine Hoden, stets Augenkontakt haltend, was dessen Gefühle intensivierten. Er stöhnte vor Lust, warf den Kopf nach hinten, spürte nicht mal, wie er dabei gegen die Holzwand prallte, grub seine Finger in Timos Kopfhaut und drückte ihn mit dem Kopf seiner Eichel entgegen. Es geschah wie vollautomatisch, der Lauf der Dinge im Rausch der Lust.

„Hoffentlich kommt der Hausbesitzer nicht eher von der Arbeit", stöhnte Tom.

„Keine Angst, der kommt nicht und die werten Kollegen sitzen im Bus und hören ihre Straßenbande."

Das Wummern des Bonez MC Beats drang an Timos Ohren und sogar bei der geringen Lautstärke, die er von seinem Standpunkt aus wahrnahm, missfiel ihm das Musikstück. Sein Tiger knurrte, für ihn war der Sprechgesang nichts als ein verzichtbares, aggressives Durcheinander. Aber jedem das Seine – Musik für ihn war das Trällern der Vögel, das Rauschen des Windes in den Blättern oder die Geräusche der Tiere, die Komposition der Natur. Und Toms Stöhnen war Musik in seinen Ohren, dieses aus den tiefsten Tiefen seines Leibes dringende keuchende, erregte Stöhnen, weil er ihn befriedigte. Doch es war mehr als bloße Befriedigung, es war die Erfüllung, das Zusammenkommen zweier Individuen auf die intimste und innigste Art, die es gab. Im Moment von Toms Höhepunkt verbanden sie sich körperlich und seelisch. Um den sich anbahnenden lustvollen Schrei beim Abspritzen zu unterdrücken, biss sich Tom in den Handballen und kniff die Augen zu. Als er kam, flimmerten bunte Sterne vor seinem inneren Auge, in seinen Eiern kribbelte es.

„Darf ich mich revanchieren?"

Mit vom Orgasmus wackeligen Knien stellte er sich gerade hin, sein Kopf fühlte sich an wie mit Watte gefüllt.

„Gerne wenn wir etwas mehr Ruhe haben, aber danke für das Angebot."

Sicherheitshalber blickte sich Timo um, horchte und schnüffelte, ob nicht doch irgendjemand in der Nähe war, der nicht da sein sollte. Zeugen, nein Danke, dafür war ihm die Zweisamkeit beim Quickie zu wichtig. Dennoch, dieses

Restrisiko, jemand könnte sie im Schuppen bei ihrem erotischen Treiben belauschen, machte ihn tierisch scharf.

„Beim nächsten Mal, morgen?"

Grinsend zuckte Tom mit den Schultern. Von der Erregung und dem Hochgefühl während der Endladung verschwitzten Fingern, gelang es ihm, seinen Penis zurück in den Hosenstall zu sperren und den Reißverschluss hochzuziehen. Seine schmierigen Handflächen wischte er an der Arbeitshose ab, die musste heute Abend eh in die Wäsche.

„Ist bei euren Planungen was Gutes bei rumgekommen und hast du dich gestern ausgeruht?"

„Ja."

Laut Armbanduhr verblieb ihnen zum Quatschen eine Viertelstunde der halbstündigen Frühstückspause. Um eins folgte eine weitere halbe Stunde für das Mittagessen.

„Wir haben noch fünfzehn Minuten, am Besten bleiben wir hier, sonst denken die anderen, wir hätten uns zum Rummachen versteckt. In Wahrheit reden wir nur."

Lächelnd zwinkerte er ihm zu und ließ sich vor der staubigen Werkbank auf einen Schemel gleiten. Der Schuppen, mitsamt Inhalt, hatte seine besten Zeiten längst hinter sich, es roch muffig und Spinnenweben überzogen Hacke, Spaten und Gartenkralle. In einem Regal lagen Saatgut und Handgeräte, davor stand ein uralter schwarzer Rasenmäher.

„Im Regen stehen möchte ich nicht und die Jungs hören im Auto diese Musik, die ich gar nicht leiden kann."

„Bei der Musik sind wir uns einig."

„Wir sind uns in vielen Dingen ähnlich", sagte Tom und begann, grobkörnigen Dreck am Boden mit der Schuhspitze durcheinanderzubringen. „Wir haben uns nicht gesucht, aber gefunden." Er ließ seinen Blick über Timos Bartschatten bedeckte Kinnpartie hinauf in die schimmernden Augen wandern.

Was für eine Farbe, darin kann ich mich verlieren.

„Wer sucht, der findet, heißt es oft, dem ist aber selten so, der Zufall ist es, der
Menschen zueinanderfinden lässt."

„Genau, der Zufall, wir waren beide zur richtigen Zeit am richtigen Ort."

Das Kribbeln in Toms Bauch nahm überhand. Er packte Timo unsanft und
drückte ihm die Lippen auf den Mund. Zunge duellierte Zunge.

„Ich … ich habe mich in dich verknallt, sorry der kindlichen Ausdrucksweise,
aber du machst mich wahnsinnig."

„Du mich auch."

Wie frisch Verliebte es eben taten, küssten sich die beiden, als gäbe es kein
Morgen mehr. Knutschgeräusche und hektisches Atmen durchzog den Schuppen, der Schemel knarzte unter dem Gewicht, als Timo Tom auf seinen Schoß
zog. Unter sich spürte er Timos steifen Schwanz, der sich dem Stoff der Hose
entgegenstemmte. Lust flammte auf, heiß wie die Hölle.

„Könnte dich an Ort und Stelle vernaschen, aber die Pause ist gleich um."

Um seinem Verlangen Ausdruck zu verleihen, griff Tom ihm in den Schritt und
drückte zu, bis er aufstöhnte und mit den Augen rollte.

„Puh, das macht Lust auf mehr, vielleicht doch in der Mittagspause?"

„Wie es sich ergibt. Was ist denn bei euch rausgekommen am Samstagnach-
mittag?"

Um wieder zu Sinnen zu kommen, schob Timo die treibende Hand in seinem
Schritt beiseite.

„Wir sind vorsichtig."

„Wie meinst du das?"

Der Regen erstarkte, melodisch prasselten die Tropfen auf das Schuppendach.

„Wir müssen schauen, wie wir vorgehen. Wir haben uns noch mal die Aufnahmen von meiner Kamera angesehen, die ich dort deponiert hatte. Leider sind
nur Beine der drei Männer zu sehen, die Stimmen unhörbar wegen des Windes. In einer Sequenz habe ich ein Jagdgewehr gesehen und den Kerl, der zu
mir sah im Video, wo ich unterwegs gewesen bin, der aus der Kneipe."

Seufzend fuhr sich Timo mit den Händen über seinen Schädel, legte den Kopf zurück, um nachzudenken.

„Was ist?"

„Ich nicht oft genug wiederholen, wie gefährlich es für euch werden kann,
wenn ihr etwas Unüberlegtes tut. Diese Kerle gehen über Leichen, ich weiß
das."

„Natürlich sind wir vorsichtig."

Fauchend sprang Timo auf und Tom fiel durch die abrupte Bewegung vor
Schreck fast von seinem Schoß. Gerade rechtzeitig bekam Timo ihn zu fassen
und zog ihn an seine Brust.

„Wir gehen zusammen in den Wald oder gar nicht, hast du das verstanden?"
Sprachlos, sein Mund kam ihm wie vernäht vor, versteifte sich Tom. So
harsch, dass ihm die Spucke wegblieb, redete nie jemand mit ihm. Und da war
noch etwas anderes, das ihm wie ein Schlag in den Magen fuhr. Diese gelben
Katzenaugen, die spitzen Zähne und war die Nase wirklich noch die eines
Menschen? Für Sekunden glaubte Tom das Antlitz eines Tigers gesehen zu
haben.

„Ähm …?"

„Nichts ähm, es ist, wie es ist. Ich mache mir Sorgen um dich und verlange
nicht zum Spaß von dir, dass du und deine Freunde nicht alleine in den Wald
zum Observieren geht. Das ist kein Film, wo am Ende alles gut wird, das ist
verdammter Ernst. Mit diesen Männern ist nicht gut Kirschen essen, die killen
und verscharren euch, wenn sie sich bedroht fühlen. Willst du das Risiko eingehen? Verdammt, du bist jung und hast dein ganzes Leben vor dir. Ich habe
gesehen, was passiert, wenn irre, profitgeile Kerle sich bedroht fühlen. Sie haben meine Familie abgeschlachtet und das Camp angezündet."

In der Wut schwang viel Trauer, verband sich zu einem verzweifelten Jaulen
und äußerte sich in verdrehten Augen.

„Wir bleiben da."

„Ich weiß, wie wir den Kerlen das Handwerk legen, wir müssen uns so verhalten, dass die uns nicht sehen. Ich kann leise genug an sie heranschleichen, dass

sie mich nicht hören.“

„Warum meinst du, leiser als wir zu sein, wir haben das schon öfter gemacht.
Sind keine Anfänger, wie du ...“

„Es geht nicht darum, dass ich euch für Anfänger oder für unfähig halte, aber
ich bin anderen Menschen einen Schritt voraus, glaub mir das einfach.“

„Kannst du es mir nicht erklären, was du meinst, damit ich es verstehe?“

Bei Toms hilflosem Anblick weichte die Aggression auf und Timos Tiger gab
Ruhe. Dennoch verneinte er, drehte sich weg, den Blick zur Tür gerichtet, die
schief in den Angeln hing. Draußen hatte der Regen, passend zum Pausenende,
etwas nachgelassen.

„Noch ist die Zeit nicht reif, ich werde es dir zeigen, wenn es soweit ist. *Du*
wirst es mit eigenen Augen sehen.“

„Was sehen?“

Tom legte die Stirn in Falten.

„Was ich bin, warum ich mich besser anschleichen kann.“

Geräuschvoll Luft holend, drehte er sich um, sodass er Tom frontal gegenüber-
stand. Mit gesenktem Kinn und Blick von unten nach oben in Toms Gesicht,
starrte er ihn an. Unwohl rieb der sich die Hände an seinen Hosenbeinen. Was
war los?

„Du wirst es sehen und egal, was passiert, ich tue dir nichts. Niemals. Ich bin
dein Freund.“

„Okay.“

„Gut und nun lass uns raus und gucken, was die Kollegen treiben, nicht, dass
die uns suchen.“

Tom schluckte und folgte ihm durch den Garten auf die Straße, wo der Trans-
porter stand. Darin hörten die drei Männer immer noch 187 Straßenbande.

„Kein Wunder, dass die Jugend aggressiver wird bei solcher Musik. Diese
Rapsongs dominieren inzwischen die Charts, obwohl sie im Radio gar nicht
laufen“, sagte Tom.

„An der Musik liegt es weniger, als an der Erziehung und dem Umfeld“, sagte

Timo. „Ich mag die Musik zwar auch nicht, aber generell Musik, Filmen und
Computerspielen die Schuld an Gewalt zu geben, ist falsch.“
Die Musik verstummte, die Türen des Busses knallten und die drei Kollegen
kamen auf sie zu.
„Dann wollen wir mal weiterarbeiten. Ehrlich gesagt habe ich nicht die ge-
ringste Lust bei dem Mistwetter, da holt man sich ja den Tod“, schimpfte Ben,
ein beleibter offenherziger Mittfünfziger mit Glatze, der seit zehn Jahren bei
Herbert arbeitete. „Aber das Geld muss ja irgendwie reinkommen.“
„Deine Einstellung ist gut. Viele Leute wollen gar nicht mehr arbeiten, weil sie
mit Arbeitslosengeld gut über die Runden kommen. Leider kenne ich ein paar
dieser Klientel, denen selbst mit gutem Zureden nicht beizukommen ist.“
„Da wo ich herkomme, aus Indonesien, da gibt es keine Extrawürste. Wer
nicht arbeiten geht, hat nichts, lebt in Armut. In Deutschland geht es den Menschen durchweg gut und denen, die Hilfe brauchen, wird geholfen. Ich bin gerne hier.“
„Deine Arbeit ist einwandfrei“, warf Jan ein, „Kerle wie dich brauchen wir,
aber jetzt auf sie mit Gebrüll! Das Dach deckt sich nicht von alleine. Bis zum
Wintereinbruch, wenn er denn überhaupt kommt, soll es fertig sein.“
Ohne weiter Zeit zu verschwenden, machten sich die Männer an die Arbeit.
Die Mittagspause verbrachten sie später gemeinsam und der Feierabend kam
dann doch schneller als gedacht. Für einen Quickie zum Revanchieren blieb
keine Zeit.

Die gesamte Woche verging flott, das Wetter wurde zur Wochenmitte sogar
besser und Florian blieb bis einschließlich Freitag krankgeschrieben. Ob er
Montag wieder da sein würde, wusste niemand, Tom hoffte darauf, dass er
weiterhin fern blieb. Seinetwegen durfte der Mistkerl gern kündigen. Tom war
Herbert für die Abmahnung dankbar. Eine Restangst vor Florians Rache blieb,
obwohl Timo ihm versicherte, dass er ihn beschützen würde.
Am Freitag verabredete sich Tom mit seinen Freunden für Samstagabend zum

Beobachten der Wilderer-Hütte.

„Schade, dass Timo keine Zeit hat.“

„Was ist denn eigentlich mit ihm, dass er das ganze Wochenende keine Zeit hat?“, fragte Marek.

Tom streckte sich auf der Couch nach der anstrengenden Arbeitswoche aus. Im Fernsehen lief eine Kochsendung, die er nur beiläufig verfolgte.

„Timo kümmert sich um einen alten Freund, der nach Deutschland kommen will. Der ist auch aus Indonesien, hoffentlich wirklich kein ehemaliger Liebhaber, sondern bloß ein Freund.“

„So wie er dich anschaut, glaube ich kaum, dass er dich verkohlt. Du bist der einzige Mann für ihn, er behandelt dich wie ein rohes Ei.“

„Bei deinem Timo mag das so sein, aber bei vielen Menschen ändert sich der Geschmack laufend“, sagte Sina, die mit nachdenklichem Blick an ihrer Pizza nagte, die sie vor Kurzem aus dem Ofen geholt hatte. „Manchmal über Nacht. Mein Ex ist das beste Beispiel. In den ersten Wochen hat er mich bei dem, was ich tue, unterstützt, danach war es plötzlich für ihn langweilig und er hat sich eine überschminkte Tussi angelacht. Was soll man den Leuten noch glauben?“

„Du hattest den Falschen“, antwortete Marek nickend und hob seine rechte Hand.

Ein Käsefaden suchte sich vom Pizzastück einen Weg abwärts.

„Misserfolge gehören leider zum Leben, genauso wie beim Tier- und Umweltschutz. Ich erfreue mich an den Erfolgen“, sagte Tom, der seine Pizza bereits inhaliert hatte und mit Selters nachspülte. „Wenn ich mich nur an den negativen Dingen des Lebens aufhängen würde, bekomme ich lauter graue Haare, noch bevor ich siebzig bin.“

Plötzlich klingelte es an der Tür.

„Wer kann das sein?“

Verwundert stand Tom auf und ging zur Tür, vor der Timo stand. Freudig sprang er ihm in die Arme.

„Du bist hier, ich dachte, du hättest dieses Wochenende zu tun?“

„Hab ich auch, aber ich habe es ohne dich nicht mehr ausgehalten, also bin ich hergekommen. Im ernst, ich nehme mir Zeit für Menschen, die mir am Herzen liegen, egal, wie knapp mein Zeitkonto bemessen ist. Meinem Freund Jean kann ich später genauso gut schreiben."

Seine Jacke landete am Haken, die Schuhe behielt er an, als er Tom ins Wohnzimmer folgte.

„Riecht gut hier", stellte er schnuppernd fest.

„Ist leider leer, wir hatten nur zwei Pizzen für uns drei."

Mit verzogenem Gesicht, als täte es ihm leid, zuckte Marek die Schultern.

„Macht nichts, ich gehe später los und hole mir mein Essen", sagte Timo mit geheimnisvoller Stimme und funkelnden Augen. „Und was habt ihr vor?"

Bestimmt keine Karten spielen!, ging es Tom durch den Kopf und das schlechte Gewissen verstärkte sich, ließ die Pizza in seinem Magen spürbar rotieren. Ein Grummeln im Magen war die Folge und er stieß sauer auf, sodass ein Teil der vorverdauten Speise nach oben kam. Voller Ekel schluckte er die bittere Soße runter und trank einen Schluck.

„Karten spielen vielleicht", warf Marek ein, schaute Timo dabei in die Augen, rieb sich nervös die Hände.

„Karten spielen, genau, Mau Mau oder so."

Auflachend, weil Marek sein Gedankenspiel aufgefasst hatte, fuhr er sich über die Wangen. Sie fühlten sich unnatürlich warm an, was wohl am aufgeheizten Raum lag – oder an der Grundstimmung in der Gruppe. Natürlich redeten sie Bockmist, niemand hatte vor, Karten zu spielen oder ein anderes Gesellschaftsspiel. Ob Timo es ahnte? Der Kerl war nicht dumm, der wusste sicher, dass die anderen ihm auf der Nase herumtanzten, ihn in die Irre führen wollten. Wenn das der Fall war, war er ein verdammt guter Schauspieler, der seine Emotionen und Ahnungen geschickt vor den anderen verbarg.

„Dann wünsche ich euch vorab viel Spaß bei eurem *Kartenspiel,* möge der Bessere gewinnen. Das nächste Mal spiele ich mit, versprochen."

Bei seinen Worten nahm er Tom in Augenschein, zwinkerte ihm mit halbem

Grinsen zu, als wüsste er, was Sache war. Das tat er ziemlich oft, zwinkern, fiel Tom auf.

Was will er damit bezwecken? Wartet er auf die Wahrheit, dass wir ihm sagen, was wir vorhaben? Nein, das kann er nicht ahnen, wie auch, er ist kein Hellseher. Aber dieser Blick verheißt nichts Gutes. Ob die anderen was wissen?

Marek und Sina verköstigten sich am Rest der vegetarischen Pizza, bis nur noch Krümel auf dem übergroßen Teller verblieben. Es wurde still im Wohnzimmer, die beiden jungen Menschen beobachteten die wortlose Interaktion zwischen Tom und Timo mit bewegten Mienen. Es knisterte zwischen den beiden, das war deutlich zu bemerken, es fehlte lediglich der Funkenregen. In diesem Moment wünschten sich beide, einen verlässlichen, liebevollen Partner an ihrer Seite zu haben, der sie unterstützte und beschützte. Denn genau das waren Timo und Tom, ein ebenbürtiges Paar, das zusammengehörte wie die Faust aufs Auge.

„Was ist Jean für ein Mensch, wart ihr mal zusammen?"

Timo räusperte sich, holte tief Luft und mahnte Tom mit strafendem Blick ab.

„Also, ich meine es schon mal erwähnt zu haben, dass Jean hetero ist. Und selbst wenn, wären wir mal zusammen gewesen, wüsstest du es. Ich habe keine Geheimnisse vor dir, bis auf das eine."

Ja, das *eine* Geheimnis, das er unbedingt wissen wollte und Sina und Marek neugierig machte.

„Du hast ein Geheimnis?", fragte Marek, dem der Mund offenblieb.

„Ja, das habe ich und nein, ich verrate es nicht. Ich kenne euch dafür zu wenig und, nun ja, es ist etwas sehr Persönliches."

„Okay."

Damit war das Thema für Timo erledigt, denn wenn er etwas hasste, dann Menschen, die zu viel nachfragten. Dann stellte er auf stur und ließ jede Frage an sich abprallen.

„Jean ist ein guter Freund, wir haben in der Vergangenheit einiges mitgemacht und durchgestanden. Er möchte sich ein neues Leben aufbauen und ich helfe ihm dabei. Wenn unser Ziel erreicht ist, haben wir in Indonesien noch etwas zu erledigen."

„Du gehst wieder zurück?"

Verlustangst spiegelte sich in Toms Gesicht, sein Körper sackte leicht in sich zusammen.

„Nein, ich gehe für ein paar Wochen zurück, um etwas zu erledigen, wenn es so weit ist. Es ist mir ein persönliches Anliegen, der Natur zu helfen, besonders in Indonesien, dort ist die Flora und Fauna einmalig. Aber das ist noch Zukunftsmusik. Heute ist heute."

Die versprochene Stunde verging wie im Flug.

„Ich gehe dann mal, wünsche euch viel Spaß bei eurem Pokerabend oder was immer ihr für ein Kartenspiel spielen wollt. Denkt an meine Worte bezüglich der Alleingänge, es ist gefährlich da draußen."

Die Dreiergruppe blieb stumm, nur die Couch knirschte, als Timo sich erhob und in den Flur ging.

„Hm, geht es nur mir so, oder findest du Timo nicht hin und wieder auch mysteriös?", hörte Tom Marek Sina fragen, ehe er um die Ecke in den Flur verschwand.

Timo trug bereits seine Jacke, zog den Reißverschluss hoch.

„Wir sehen uns am Montag, wünsche euch viel Spaß beim Spiel."

Ein Lächeln voller Liebe legte sich auf sein Gesicht, sodass es Tom warm im Bauchraum kribbelte.

Draußen zog Nebel auf, feine Regentröpfchen benetzten Timos Gesicht. Kühle Luft drang durch die geöffnete Tür ins Wohnungsinnere.

„Bis dann also."

„Ja, bis dann."

Auf leisen Sohlen joggte Timo los, verschwand nach ein paar Metern im Nebel.

Tom schloss die Tür hinter sich, lehnte sich für einen Augenblick dagegen und

machte die Augen zu. Das schlechte Gewissen nagte wie eine hungrige Ratte
an ihm. Drauf und dran das Spionieren heute Abend doch noch auf Eis zu
legen, löste er sich von der Tür. Er ging auf die Toilette, benetzte seine heißen
Wangen mit kaltem Wasser und begutachtete sich im Spiegel über dem Waschbecken.
„Bitte lass es Timo nicht herausfinden, dass wir heute Abend die Hütte ausspä-
hen. Er wird wütend auf mich sein, da er sich auf mein Wort verlässt."
Sein Spiegelbild gab ihm natürlich keine Antwort. Gedanklich wanderte er zu
den Momenten, in denen Timo ihm seltsam vorgekommen war. Ob es etwas
mit seinem Geheimnis zu tun hatte? Da waren Timos schimmernde Augen und
die Zähne, die ihm manchmal wie die eines Raubtieres vorgekommen waren.
Anfangs hatte er es als Hirngespinste abgetan, inzwischen war er sich sicher,
sich nichts davon eingebildet zu haben. Mit Timo stimmte etwas nicht, er war
nicht der, der er vorgab zu sein.
„Ob er sich wirklich heute Abend mit seinem Bekannten beschäftigt oder stellt
er mich auf die Probe?"
Ein Klopfen an der Tür ließ ihn heftig zusammenzucken.
„Fuck, Sina, musst du mich erschrecken? Hätte fast einen Herzinfarkt bekom-
men."
Er drehte sich um und riss sie auf, stand einer grinsenden Freundin gegenüber.
„Ich dachte, du bist auf dem Klo eingeschlafen."
„Nein, bin ich nicht. Hol Marek, dann gehen wir in den Wald! Deshalb sind
wir ja heute zusammengekommen."
„Gut, mach ich!"
Damit war die Diskussion beendet und der Rest des Abends beschlossene Sa-
che, sie würden das Versprechen, in der Wohnung zu bleiben, brechen.

8

Ein Schritt nach dem anderen, die Angst, entdeckt zu werden, im Nacken, näherten sich die drei der Hütte im Wald. Tom war oft genug da gewesen, um den Weg im Dunkeln zu finden, weshalb sie sich ohne Taschenlampe durch das Gestrüpp schlugen. Wegen der Herbstwitterung war das Gros an Unkraut zurückgegangen, dafür die klamme Kälte umso ätzender. Der volle Mond erhellte von oben die Szenerie, Nebelschwaden verkürzten die Sicht bis auf wenige Meter.

„Echt unheimlich, wie im Horrorfilm, fehlen nur noch die Untoten oder irgendwelche Waldgeister, die uns jagen", sagte Marek.

„Das, was uns verfolgt, ist schlimmer."

Damit meinte Tom die Wilderer, von denen er hoffte, unentdeckt zu bleiben. Je tiefer sie in den Wald drangen, desto größer wurde seine Furcht davor, in eine Falle zu laufen. Hatte Timo recht und es waren Leute außer die, von denen er wusste, abgestellt, um ihnen eine Falle zu stellen? Nun war es nicht mehr die Kälte, die ihm die Nackenhaare zu berge stehen ließen, sondern der Gedanke daran, gefesselt dazuhocken, getreten und geschlagen zu werden. Oder Schlimmeres.

Am besten gar nicht daran denken, was passieren könnte, ich war schließlich schon öfter hier ganz alleine unterwegs, um meine Kameras aufzustellen.

„Wusstest du eigentlich, dass der Typ, der kürzlich tot aufgefunden wurde, einer der Wilderer ist? Bei ihm zuhause wurden Pelze gefunden, die eindeutig von den getöteten Luchsen stammen, erzählte mir Benny von der Polizei. Das ist nicht offiziell, er durfte es mir eigentlich gar nicht sagen, also bitte, kein Ton von euch nach draußen."

„Ich weiß es ja bereits", sagte Sina.

Tom glaubte sich verhört zu haben.

„Was meinst du damit, der Mann gehörte zu den Wilderern?"

„Wie ich es gesagt habe. Warum fragst du?"

„Weil es zufällig der beste Freund eines meiner Arbeitskollegen ist, der sich daraufhin die gesamte Woche krankgemeldet hat. Es ging in der Firma rum, dass der Tote von einem Tier zerfleischt wurde, ein Wolf möglicherweise, aber das glaube ich nicht."

„Ganz ehrlich?"

Marek blieb stehen und drehte sich zu Tom um.

„Ja, ich höre!"

„Es kann kein Wolf gewesen sein, die Bisswunden deuten auf ein größeres Tier hin, eine Raubkatze. Der Leichnam wurde untersucht und dabei stellte sich heraus, dass es sich nur um eine Großkatze handeln kann. Dumm nur, dass es hier keine Großkatzen gibt und mir ist auch kein Zirkus oder Zoo bekannt, wo eine entlaufen sein könnte."

„Wer weiß, vielleicht ist sie doch einem Zirkus entlaufen. Bei Zirkussen weiß man nie, die sind durchweg nicht mehr zeitgemäß, schon gar nicht mit ihren tierquälerischen Tierdressuren", sagte Sina und gesellte sich dazu. „Zirkus ohne Wildtiere ist die Zukunft, obwohl, für mich ist Zirkus nix."

„Manche Zirkusse gehen auch gut mit ihren Tieren um", sagte Tom und erinnerte sich an Zirkusse, die auf Wildtiere verzichteten und nur mit domestizierten Tieren wie Hund und Pferd arbeiteten.

Diese wurden mit sanftem Training an ihre Tricks gewöhnt.

„Zirkus ist nicht meine Welt", blieb Sina stur.

Die drei gingen weiter, durchdrangen teils dichte Nebenschwaden, teils Gelände, wo sie sehen konnten, wohin sie traten.

„Ist echt gruselig, Leute", sagte Marek, nachdem sie fünf Minuten in stiller Eintracht gegangen waren. „Hoffentlich lauern nicht wirklich Zombies hinter einem Baum."

„Quatsch. Für mich sieht es eher nach einem schlechten Omen aus, immerhin haben wir Timo versprochen, nicht alleine loszugehen. Und was machen wir, wir gehen natürlich alleine los", sagte Tom.

Ein komisches Gefühl nistete sich in seinem Bauchraum ein und etwas riet ihm dazu, umzudrehen. Noch war es nicht zu spät, den Rückweg anzutreten, doch je näher sie der Hütte kamen, desto mehr verdrängte er das ungute Gefühl. Er fror trotz warmhaltender Klamotten und seine Füße drückten in den engen Stiefeln. Es ging ja nur darum, zu beobachten, was die Männer machten, falls denn überhaupt welche kamen, vielleicht blieb es ruhig.

„Was soll passieren, Tom, im ernst? Wir machen das schon länger und immer sind wir mit relativ heiler Haut rausgekommen ...", unterbrach Marek.

„Der war gut." Tom blieb stehen, zwang seinen Freund, sich zu ihm umzudrehen. „Wir sind geschlagen und bedroht worden, vergessen?"

„Wie kann ich den Einsatz auf der Putenfarm vor drei Jahren vergessen, aber das ist ein Risiko, von dem wir wissen, sonst dürften wir uns gar nicht mehr engagieren. Und Engagement vom Sofa aus ist für mich kein richtiges. Ein gewisses Risiko beinhaltet das gesamte Leben."

Wut stieg in Tom auf. Warum fing Marek an, ihn zu provozieren?

„Was willst du denn von mir?"

„Nichts, aber seit Timo in dein Leben getreten ist, benimmst du dich wie ein Kleinkind, das unbedingt darauf hören muss, was sein großer Bruder ihm rät. Du bist erwachsen, Mann, kannst alleine auf dich aufpassen und für dich entscheiden, was gut ist und was nicht."

Eine bedrückende Stille entstand, für die selbst die friedliebende Sina keine Worte fand, um den Knoten zwischen den Freunden zu lösen. Es war ein qualvoller Schrei eines Tieres, der die Gruppe aus ihrem Stillstand holte.

„Schnell Sina, hol die Kamera raus und dann weiter! Da sind welche."

Sie tat, wie geheißen. Die beiden Männer gingen gebückt voraus, darauf achtend, so wenig Geräusche wie möglich zu erzeugen. Eher als ihnen lieb war, erblickten sie das Dach der Hütte, die sich aus den wabernden Nebeln schälte, dann die windschiefen Seitenwände.

„Psst, hier her!"

Mit wilden Gesten wies Tom an, sich hinter zwei Bäumen mit dicken Stämmen und Strauchwerk anbei zu verstecken. Der Nebel gab ihnen die nötige

Restsicherheit. Hier würde sie niemand entdecken. Sie gingen nebeneinander in die Hocke, nur Marek, der Sina die Kamera aus der Hand nahm, blieb gebückt. Er trug eine graue dicke Kapuzenjacke, die ihn mit der Umgebung verschmelzen ließ.

„Übrigens finde ich deinen Timo cool, wollte ihn keineswegs beleidigen oder infrage stellen, dass er uns im Notfall beschützen kann, aber irgendwie ist er auch seltsam. Findest du nicht, Sina?"

„Seltsam?"

„Er hat komische Augen, ist mir aufgefallen, die glänzen in manchen Situation wie … wie, na ja, irgendwie nicht menschlich."

„Das ist doch Blödsinn", fuhr Tom etwas zu laut dazwischen, mäßigte seinen Tonfall sofort.

„Ist dir denn nie etwas aufgefallen an ihm? Du bist öfter mit ihm zusammen als wir, also muss dir was aufgefallen sein."

Tom schluckte, bemerkte einen dicken Kloß im Hals, denn er hatte mehrmals geglaubt, etwas gesehen zu haben, was nicht sein konnte. Die reine Logik zwang ihn dazu, jede Gedankenspielerei zu verdrängen.

„Ja klar, wusstest du es denn noch nicht?"

„Was soll ich wissen?"

„Na Timo ist kein Mensch, er ist ein Alien, gelandet vor drei Wochen, direkt vom Planeten Zylora frisch eingetroffen, um mit uns die Luchse zu retten."

„O Mann, bist du bescheuert."

Hart schlug sich Marek eine Hand vor die Augen und stöhnte vor Schmerzen auf.

„War wohl etwas zu doll, du Dummkopf", schmunzelte Sina, „und jetzt seid leise."

Bis eben war außer dem Schrei des Tieres nichts mehr zu hören gewesen, bis jetzt. Erst leise, dann immer lauter, erklangen Stimmen, die sich von rechts her näherten.

„Das sind mindestens drei Männer. Runter!"

„Ich muss sehen, dass ich mit der Kamera noch was drauf kriege", flüsterte
Marek und kam langsam aus seiner eingerollten Haltung heraus. „Die Kerle
sind in der Nähe."

„Hoffentlich finden sie uns nicht, falls sie an uns vorbeigehen oder noch
schlimmer, denselben Weg nehmen wie wir."

Marek ging noch ein Stück höher, hielt die rechte Hand wie einen Trichter hinter sein Ohr und lauschte.

„Nein, die sind weiter dahinten rechts, die kommen nicht her."

„Mein Herz geht wie eine Maschinenpistole", sagte Tom, den der Nervenkitzel
in einen Rauschzustand versetzte.

Neben schweißnassen Fingern und schnellem Herzschlag, erhöhte sich sein
Puls, seine Sinne schärften sich. Der Geruch des Waldes drang in seine Nase,
der Duft feuchten Bodens und verfaultem Gehölzes. Dann war es plötzlich
egal, denn aus den Nebelschwaden ein paar Metern entfernt traten drei Gestalten, schlurften wie Zombies durchs Unterholz. Über ihre Rücken hingen
schlaff tote Tiere.

„Diese Bastarde haben zugeschlagen."

Marek biss seine Zähne zusammen, um nicht aus Versehen einen Schrei loszu-
lassen, um seinen Hass auf die Männer zu kompensieren.

„Das sind zwei Luchse, drei Füchse und ein Dachs", flüsterte Sina, sah von einem zum anderen. „Hast du das auf der Kamera?"

„Ich gebe mein Bestes."

Umgehend begann Marek, mit der Kamera zu zoomen, so viel Beweismaterial
wie nur möglich aufzunehmen. Es juckte ihm in den Fingern, sofort auf die
Männer zu zu stürmen, sie festzusetzen, aber das war zu gefährlich. Sicher tru-
gen die Kerle Waffen bei sich, um sie umzulegen, wenn sie sich in die Enge
gedrängt fühlten. Das Risiko, entdeckt, verletzt oder gar getötet zu werden,
war zu groß. Die Kamera nahm dank Zoom mehr auf, als er sich erhoffte, leider konnte er die Gesichter der Männer schlecht erkennen. Für die Polizei
reichten diese Beweise eher nicht, wie er aus Erfahrung wusste.

„Zwei der Männer habe ich in der Kneipe gesehen. Es war der Abend, als ich
mit Michael dort war und das erste Mal Timo begegnet bin."
Ziemlich genau erinnerte er sich an die Männer am Tresen, von denen auch
Timo ihm erzählt hatte. Es stimmte, sie gehörten zu den Wilderern, wovon der
eine der war, der ihn während des Filmes das Gesicht zugewandt hatte. Nach
dem einen Mal hatte er sie nicht mehr gesehen und war froh drum.
„Echt, du hast sie gesehen? Haben sie was gesagt?"
„Können wir darüber nachher reden? Wir sollten leise sein, sonst hören uns die
Kerle und setzen uns fest."
Mit festem Blick und Fuchteln ihrer Hände mahnte Sina ihre Freunde dazu an,
still zu sein. Die Männer kamen zwei Meter von ihrem Versteck entfernt vor-
bei und hielten an.
„Was ist?", fragte einer der drei.
„Hm, ich meine etwas gehört zu haben."
„Ach was und wenn, war es bestimmt nur ein Tier im Gebüsch."
„Genau, das Monster, das Marcel erwischt hat, wir sollten echt vorsichtig sein.
Ich will nicht der nächste sein, was auch immer das für ein Ding gewesen ist,
es könnte auf der Lauer liegen, um uns ..."
„Nein, eher erledige ich es mit meinem Gewehr. Ein Tiger war das, für dessen
Fell würde ich eine Stange Geld bekommen, dann hätte ich ausgesorgt."
Demonstrativ reckte er das Gewehr in die Höhe.
„Wir sollten die Viecher, die wir haben, abziehen und uns vom Acker machen.
Morgen erwarte ich von den neuen Fallen mehr Beute als das, was wir heute
gefangen haben. Da steckt Gewinn drin, Jungs."
Mit zittrigen Händen nahm Marek auf, was er auf die Kamera bekam und erst
als die Männer hinter der Hütte verschwanden, nahm er die Hand runter.
„Ich hoffe, da ist brauchbares Material drauf, mein Arm fühlt sich wie Blei
an."
„Wollen wir gehen oder noch länger bleiben?", fragte Sina.
Als weder Licht noch Stimmen aus der Hütte drangen, meinte Marek: „Wir

können gehen, sie wollen morgen wieder kommen. Jetzt im Dunkeln sehen wir eh nichts, falls in der Nähe Fallen sind, da treten wir sonst noch rein. Das Risiko ist mir zu groß. Verletzt nützen wir den Tieren nichts, deshalb würde ich sagen, lasst uns gehen und morgen eher los, damit wir ein paar der Fallen finden."

Tom schluckte, ihm war das ungeheuer, denn auch morgen würde Timo keine Zeit haben. Er hinterging ihn, brach das Versprechen gleich zwei Mal, indem sie erneut alleine loszogen.

„Kommt!"

Sina stupste die Männer an, die sich aufrichteten, um den Rückweg anzutreten. Nach einer Dreiviertelstunde, zurück in Toms Bude, rieben sie sich die eiskalten Zehen und Finger, während Tom Tee aufsetzte. Den konnten sie gut gebrauchen nach den nasskalten Stunden im Wald.

„Diese Kälte setzt ganz schön zu", sagte Sina, „dringt bis in die Knochen. Meine Füße kribbeln wie kurz vorm Absterben."

„Das Durchhalten hat sich gelohnt, man erkennt was auf den Aufnahmen, leider ein bisschen verwackelt."

Mit beiden Händen hielt Marek die Kamera vor sein Gesicht.

„Welche Männer sind dir bekannt?"

Mit fragendem Blick kam Tom zurück, stellte den dampfenden Früchtetee und drei Tassen auf den Wohnzimmertisch.

„Also mir keiner", sagte Marek.

„Wir sollten öfter in die Kneipe gehen, falls sie dort wieder auftauchen. Ich kann den Inhaber fragen, ob er sie öfter gesehen hat, der kennt ja viele Leute, vielleicht auch jemanden, der die Männer kennt."

„Das wäre eine Möglichkeit, Sina. Du hast den Vorschlag gemacht, magst du Montag nach der Arbeit fragen? Einer Lady wie dir wird der Kneipier eher Rede und Antwort stehen, als mir Kerl", sagte Tom und setzte sich auf die Couch.

Die Wärme tat ihm wohl nach der Kälte draußen, hatte auch seinem Kreislauf gutgetan, er fühlte sich wie neugeboren.

Jetzt eine heiße Wanne ... gemeinsam mit Timo. Mist, ich habe weder Wanne noch Timo da, aber man wird ja wohl noch träumen dürfen.

Tom musterte die durch das wackelige Video verzerrten Gestalten im Nebel vor der Hütte. Ein surrealer Anblick, der an einen Horrorfilm erinnerte und ihm einen eiskalten Schauer über den Rücken rieseln ließ. Besonders, als einer der Männer das Gewehr hochhielt, traf es ihn wie eine Faust in den Magen. Die toten Tiere, die den Männern über den Rücken hingen, taten ihr übriges, für ein flaues Gefühl zu sorgen. Eines der Tiere musste den Schmerzensschrei ausgestoßen haben, den sie gehört hatten. Unvorstellbare Schmerzen musste das Tier in einer der Fallen erlitten und wer weiß wie lange dort ausgeharrt haben. Es gab im Internet viele Bilder von Tieren in Fallen, mit halb abgerissenen Gliedmaßen oder vertrocknet, weil sie tagelang darin gefangen waren.

„Der eine Typ meinte, ein Tiger hätte seinen Kumpel zerfleischt, das kommt hin mit dem, was an Wunden bei der Leiche gefunden wurde", sagte Tom.

Ihm wurde heiß und kalt zugleich. In dem Fall hatte Dirk recht mit einem großen Tier, trotzdem wollte sein Verstand es nicht fassen. Ein Tiger im Wald, von dem niemand wusste. Wenn es stimmte, wo war das Tier hergekommen?

„Deine Vermutung mit dem Zirkus mag stimmen, hier hat bestimmt einer irgendwo illegal sein Lager aufgeschlagen, einer dieser Zigeunerzirkusse. Kommt ja öfter vor, dass die machen, was sie wollen. Genau diese Art Zirkusse sind es, die nichts taugen und Tiere quälen."

Vor Wut schnappte Marek nach Luft, nahm seine Tasse vom Tisch und nippte daran.

„Heiß."

„Schnabel verbrannt?"

Hinter vorgehaltener Hand lachend, beobachtete Sina den sich krümmenden schmerzgepeinigten Marek.

„Ja, der Tee ist frisch aufgebrüht und demnach heiß."

Es gelang Tom, ein Auflachen zu unterdrücken, ehe seine Gedanken zu dem

Tiger zurückwanderten. Was war, wenn Timo etwas mit dem Tiger zu tun hatte, ihn bei sich zu Hause versteckte? Ihm fiel ein, bisher nicht ein einziges Mal bei ihm gewesen zu sein. Was verheimlichte er ihm?

So ein Schwachsinn! Was soll er mit einem Tiger zu tun haben und vor allem, mit einem Mord?

In jenem Moment seines Gedankenstrudels tauchte das animalisch verzerrte Gesicht vor seinem inneren Auge auf. Ein Anblick, der ihn zusammenfahren ließ. War Timo etwas anderes, als bloß ein Mann mit markantem Körperbau? Hatte er sich das Bild mit dem Tigergesicht nicht eingebildet, schließlich war es mehr als nur ein Mal passiert. Er schluckte.

9

Die Nacht fand Timo keinen Schlaf, was nicht nur daran lag, dass heute der Todestag seiner Familie war. Es trieb ihn die Sorge um Tom und seine Freunde um, denn natürlich waren sie ohne ihn losgezogen, um die Wilderer zu stoppen. Dazu musste er nicht mal dabei gewesen sein, er wusste es auch so. Sein inneres Tier rumorte ununterbrochen, riet ihm, Tom aufzusuchen und ihn zur Räson zu bringen, doch das schaffte er nicht. Seine Trauer hinderte ihn daran, lediglich das, was er sich für heute vorgenommen hatte, würde er durchziehen wie geplant. Jeden Todestag seiner Familie verhielt es sich gleich vom Ablauf her, sein Tier vertrat die Trauer, kehrte sie in Mordlust um, was in der Jagd mündete. Etwas ging heute noch drauf, das war sicher wie das Amen in der Kirche. Timo hoffte auf ein altes, kränkliches Reh, das seinen Zorn dämpfte und gleichzeitig den animalischen Hunger auf Rohkost seines Tigers stillte. Gedanklich ruderte er zurück zu Jean, mit dem er gestern lange per Skype telefoniert hatte. Dass Jean in ein paar Wochen nach Deutschland kommen würde, brach seinen Hass auf, ließ imaginäre Sonnenstrahlen bis in die verseuchten Teile seiner Seele hinein strahlen. Sein bester Freund und Toms Existenz machten ihm Mut auf bessere Zeiten. Es ging im Leben immer irgendwie weiter, es gab nicht nur schwarz und weiß, sondern viele Farbnuancen dazwischen. Seine Eltern hätten nie einen ewig trauernden, von Hass zerfressenen Sohn gewollt, sondern ein Kind, das sein Leben in vollen Zügen genoss und eines Tages seine große Liebe fand. Nie hatten sie ihm sein Schwulsein vorgeworfen, seine Schwester hatte ihn darin unterstützt, sich auszuleben und böse Zungen zu ignorieren.

„Ich vermisse euch."

Tränen drängten in seine Augen und er ließ es zu, wie sie ins Kissen tropften, wenig später in Strömen flossen. Normalerweise war er stark genug, seine Trauer für sich zu behalten, aber irgendwann brach selbst die härteste Schale auseinander.

Wenigstens für drei Stunden Schlaf fand Timo am frühen Morgen, als die Vögel ihr Konzert begannen und die Sonne ihre ersten Strahlen auf die Erde warf. In seinem Kopf pochte und tuckerte es, als ob er den Abend zuvor gesoffen hatte, was er so gut wie nie tat. Alkohol beschwor seinen Tiger öfter als ihm lieb war, sein Tier kam hervor, ohne dass es für ihn wirklich kontrollierbar war. So oder so, Alkohol war etwas, von dem er lieber die Finger ließ, er tat ihm nicht gut.

Nicht seine Familie war es, an die er zuerst dachte, sondern an Tom und er ertappte sich dabei, sich zu wünschen, mit ihm gemeinsam in einem Bett aufzuwachen. Mann, verwandelte er sich in ein Weichei? Sein Tiger brummelte unwirsch.

„Zusammen mit Tom aufwachen, wilden Sex haben, gemeinsam unter die Dusche, dann ein leckeres Frühstück und ein Spaziergang am Wasser, händchenhaltend natürlich. Tss, das ist Kitsch in seiner reinsten Form. Nichts für mich", stöhnte Timo kopfschüttelnd.

Er rieb sich über die Stirn, fuhr über seine stoppelige Glatze. Bald würde er den Rasierer bemühen müssen, um in altem Glanz zu erstrahlen. Dichte Haare trug er seit dem Vorfall um seine Familie nicht mehr, hatte das alte Leben hinter sich gelassen. Unter einem Berg aus Unterlagen und Papieren, versteckt im Schrank, lagen einige Fotos aus seinem anderen Leben in Indonesien. Allein der Gedanken daran, seinen Vater, seine Mutter und seine Schwester zu sehen, trieb ihm wieder Tränen in die Augen, die er dieses Mal hinunterschluckte. Es knirschte in seinem Hals. Mit zwei Finger kniff er sich über der Nasenwurzel ins Fleisch, bis es schmerzte. Träge erhob er sich aus dem Bett und machte sich auf den Weg ins Bad, um sich für den Tag fertigzumachen – es gab einiges zu tun.

Tom gähnte und rieb sich die Augen, schaute zum Digitalwecker.

„Schon wieder gleich elf Uhr, jedes Wochenende wache ich so spät auf."

Obwohl er gern ausschlief, schämte er sich heute, dass er bei dem schönen Wetter bis elf im Bett lag. Zu um zwei Uhr hatten sich Sina und Marek angekündigt, um nach Fallen zu suchen. Sie würden die Wilderer am Hintern kriegen und gefundene Fallen als Beweismittel mitsamt dem Video der Polizei übergeben. Sina war gestern Abend zur Kneipe gefahren, um den Wirt zu fragen, ob er die drei Männer kannte oder jemanden, dem die Männer aufgefallen waren. Er war frohen Mutes, die Sache schnell und gewaltlos zu beenden, was den Luchsen (und ihnen auch) ein sicheres Leben garantierte. Nachdem er sich im Bad frisch gemacht und die Zähne geputzt hatte, schrieb er einer Kontaktperson von der Polizei von seinen Ergebnissen. Leider war die hiesige Polizei mehr am Wohl von Menschen als dem von Tieren interessiert, dass er zusätzlich noch den Naturschutzbund einschaltete. Aber wie es oft so war, mahlten die Mühlen der Justiz langsam, zu langsam für seinen Geschmack. Obwohl der Kontaktmann von der Polizei ihm wie Timo dazu riet, nichts auf eigene Faust zu unternehmen, würde er genau das tun. Gemeinsam mit Marek und Sina waren sie immerhin zu dritt.

Nach Mareks und Sinas Eintreffen hielt sich die kleine Gruppe nicht mit Small Talk auf. Auf direktem Wege gingen sie in den Wald, einer passte auf, was um sie herum geschah, die anderen suchten Fallen. Sie waren über Funkgeräte und Knöpfchen im Ohr miteinander verbunden. Eine halbe Stunde später war die erste Falle, ein Schlageisen, gefunden.

„Jetzt sind die Mistkerle dran!", triumphierte Marek und hielt das verbotene Ding hoch, damit die anderen es sehen konnten.

„Ohne Beweise können wir denen auch nichts", sagte Sina und machte ein betroffenes Gesicht.

Leider hatte sie damit recht, man musste die Wichser auf frischer Tat ertappen. Deshalb war die Kamera wieder mit dabei und die Filme aus den aufgestellten

Minikameras gab es auch noch. Zehn Stück hingen im Wald verteilt herum, um die Kerle hoffentlich beim Verteilen der Fallen aufzunehmen. Mit Glück war auf einer davon etwas zu sehen, was die Wilderer identifizierte. Das aufgefundene Schlageisen befand sich zum Leidwesen der drei nicht in direkter Nähe einer der Kameras.

Trotz des Fundes konnte sich Tom nicht freuen, denn er vermisste Timo und ein sich sekündlich steigerndes, ungutes Gefühl beschlich ihn. Ein Knoten bildete sich in seinem Magen, der bleischwer wog und Übelkeit herbeiführte. Es war eine schlechte Idee, ohne Timo in den Wald zu gehen, schon wieder. Gestern waren sie den Wilderern knapp entronnen, ein Geräusch hätte ausgereicht, um die Männer auf sich aufmerksam zu machen. Und dann? Die Vorstellung, überwältigt, festsetzt, gefoltert im Schuppen festzustecken, ging ihm durch Mark und Bein, ließ seine Knie butterweich werden. Eiskalt rieselte es ihm das Rückgrat hinab. Seine Freunde schienen nichts zu bemerken, sie suchten voller Elan nach Fallen und Kameras. Am Ende hatten sie alle Geräte zusammengetragen und schauten, an einem dicken, alten Baumstamm lehnend, im Dickicht an, was sich auf den Aufnahmen befand.

„Auf der ist auch nichts drauf, außer einem Reh, das blöd durch die Gegend schaut und dann weiterläuft."

Enttäuschung huschte über Mareks Gesicht, als er nach der vorletzten der kleinen Kameras griff, vor welcher sie eine blutige Falle gefunden hatten. Seine Augen bekamen einen lebhaften Ausdruck, dann überzog ein Lächeln sein Gesicht.

„Hast du was?"

Tom gesellte sich in die Mitte und drückte Mareks Arm ein wenig nach unten, um besser sehen zu können.

„Ja hier, schaut! Zuerst hört man es rascheln, aber dann ..."

Gespannt warteten sie darauf, dass sich etwas tat. Erst gerieten Beine in Gummistiefeln ins Sichtfeld, bis die gesamte Person vor die Linse trat. Nach längerem genauen Hinsehen und Begutachten des Gesichts, erkannte Tom einen der

Männer aus der Kneipe wieder.

„Den Kerl da, den habe ich in der Kneipe gesehen."

Sein Finger ditschte gegen das Sichtfensters der Kamera, während die im Dunkel schwarz-weiße Gestalt das Opfer in der Falle am Schopf ergriff. Kreischend und quietschend sprang das am Bein festgeklemmte Kaninchen hin und her.

„Das ist ein wertloses Karnickel."

„Als Beutetier können wir das Vieh sicher gebrauchen, Peter, hol es raus!"

Ächzend bückte sich der Mann und ließ die Falle aufschnappen, woraufhin er das Tier in einen Handkäfig stopfte.

„Rein mit dir!"

Schwerfällig wie er in die Hocke ging, erhob er sich wieder, drückte die freie Hand gegen sein Kreuz.

„Und jetzt komm, lass uns die anderen Fallen aufsuchen, vielleicht ist da bessere Beute drin."

Die beiden Männer, von denen der andere unkenntlich im Dunkeln blieb, verließen den Fokus der Kamera.

„Den einen Mann habe ich sicher erkannt, den anderen nicht, aber ich meine, seine Stimme ist die von dem Mann, der mit ihm zusammen in der Kneipe gewesen ist. Bin mir nicht ganz sicher, der ist auch auf einem Video drauf und hat in meine Richtung geguckt."

„Wenn das so ist, haben wir gute Beweise. Wir haben auf Video, wie er die Falle geöffnet hat, daraus ersichtlich, dass sie die hier hingelegt haben. Wir brauchen nur noch ein Video, auf dem zu sehen ist, wie sie einem der Luchse oder Dachse das Fell abziehen. Hört sich brutal an, ist es auch, aber uns bleibt keine andere Wahl."

Marek knipste das Gerät aus und steckte es in seinen Rucksack, den er sich danach aufzog.

„Weiter, wir sollten keine Zeit verlieren und zum Schuppen gehen, da sind die Männer. Wenn wir Glück haben, sind sie gerade nicht da, damit wir reingehen und uns umsehen können."

Bei Tom gingen die Alarmsirenen los.

„Du willst ernsthaft in die Hütte einbrechen?"

„Ja, was anderes bleibt uns nicht, wenn wir echte Beweise haben wollen und noch ist es einigermaßen hell. Denke nicht, dass die Männer um diese Zeit das Risiko eingehen, ihre Wilderei fortzusetzen."

Seufzend blickte Sina zwischen ihren Freunden hin und her, senkte dann den Blick auf ihre Schuhspitzen.

„Wenn wir da was finden, haben wir genug Beweismittel für die Ermittler zusammen, um uns zurückzuziehen. Ein Mal noch Risiko fahren, dann haben wir es geschafft."

„Ehrlich Marek, ich habe ein mulmiges Gefühl bei der Sache", antwortete Tom und lauschte angestrengt in die Stille des Waldes hinein.

Nichts als hin und wieder ein lauer Windzug im blattlosen Geäst war zu vernehmen. Grau hing der Himmel über den jungen Menschen, heute ohne die für den November typische nasse Kälte.

„Was soll uns passieren? Es ist keiner da, wenn, dann kommen die Wilderer in der Dunkelheit, wo sie unerkannt bleiben. Das ist nur logisch, alles andere wäre Leichtsinn und das gehen solche Leute auf keinen Fall ein. Deckung ist alles." Schulterzuckend stand Marek da, seufzte und knetete seine Hände.

„Was meinst du, Sina, du bist heute sehr still."

„Lasst es uns durchziehen aber dann den Rest den anderen überlassen. Mir wird es zu heiß."

„Okay!"

Pfeifend nahm Marek den Weg auf, ohne sich zu vergewissern, dass die anderem ihm folgten. Bevor Sina weiterging, hielt Tom sie am Arm zurück.

„Was ist?"

„Hast du ein ungutes Gefühl?"

Tom schluckte.

Sie öffnete den Mund, sagte aber nichts, schloss ihn wieder, um ihn erneut zu öffnen.

„Was meinst du? Marek geht zu forsch ran und wir hätten auf Timo hören sollen. Es ist ein Risiko, ohne ihn zu gehen. Ich bin mir sicher, er kann uns verteidigen, falls was ist."

Das, *falls was ist*, konnte und wollte er nicht in Worte packen.

„Wir sind bisher ohne Timo ausgekommen, was soll ausgerechnet heute anders sein?"

Ihr Blick eindringlich auf sein Gesicht gerichtet, breitete sie die flachen Hände als Geste vor sich aus.

„Man weiß es nicht, ich hab einfach ein komisches Gefühl."

„Das hab ich jedes Mal, wenn wir losziehen, aber dann dürfte ich gar nicht mehr los." Als Tom still blieb, redete sie weiter: „Ist doch so. Wir meckern vor uns hin, tun aber nichts, wie die vielen anderen Leute. Ohne Mut zum Risiko ändert sich nichts."

„Vielleicht werde ich einfach alt", stöhnte Tom, drückte seinen Rücken durch, hörte, wie es knackte, als wollte sein Kreuz ihm zustimmen. „Genau, ich werde alt und der Gefahr müde. Was ist mit der Kneipe?"

„Angeblich wusste keiner was."

Betreten stöhnte Tom, er hatte sich mehr erhofft.

„Wollen wir weiter und es hinter uns bringen? Die Luchse werden es uns danken, wenn die Männer endlich hinter Schloss und Riegel kommen."

Nickend setzte er den Weg fort, überholte Sina und schloss zu Marek auf, der ein paar Meter entfernt stehen geblieben war. Sein Blick sprach Bände: *wo bleibt ihr denn?*

Die nächsten zwanzig Minuten gingen sie hintereinander den schmalen Weg entlang, ohne ein Wort zu sagen. Hin und wieder machte sich ein Rabe bemerkbar, der seine krächzenden Töne wie schlechte Omen verschleuderte. Mit fortschreitender Dunkelheit hielt auch das nasskalte Wetter wieder Einzug, kroch Tom durch und durch. Ohne Timo an seiner Seite fühlte er sich hilflos und angreifbar. Gott, dieses eine Mal, dann würde er sein Wort halten.

Als sie die Hütte erreichten, hingen dunkle Regenwolken über dem Wald. Um etwas in den Fenstern zu sehen, wagten sich die drei dicht heran, wohl wissend, was für ein Risiko sie eingingen. Marek und Sina schlichen mehrmals um das Haus herum, nachdem sie eine Weile auf Bewegungen und Stimmen geachtet hatten.

„Ist niemand da", bestätigte Marek. „Die Tür ist abgeschlossen, aber ich habe das eingepackt, um die Eisenkette zu knacken."

Grinsend holte er einen Seitenschneider aus seinem Rucksack und machte sich an die Arbeit, ignorierte Toms Mahnen, es sein zu lassen.

„Wir machen das jetzt, keine Widerrede. Diese Chance bekommen wir so nicht wieder."

Schon knackte es und die Kettenhälften flogen auseinander. Ein Teil landete auf dem Boden, das andere schlackerte am morschen Holz hin und her.

„Hier muss was sein, sonst hätten die Kerle keine Kette davor gehängt. Kommst du mit der Taschenlampe, Sina und du, Tom, pass draußen auf, falls doch jemand kommt."

Es brachte nichts, sich gegen Mareks Willen aufzulehnen, also tat Tom wie ihm aufgetragen.

Heute ist das letzte Mal volles Risiko.

In der Zeit, wo seine Freunde den Innenraum inspizierten, dachte er über seine Zukunft nach. War der Tierschutz alles in seinem Leben oder gab es mehr als das? Auf lange Sicht würde das allein ihm nicht ausreichen, ein Leben in Einsamkeit, ohne Partner, war ein ödes Leben. Umwelt und Natur würden ein wichtiger Teil in seinem Leben bleiben, aber nicht mehr den Mittelpunkt stellen, dieser war Timo. Der Mann, mit dem er sich eine gemeinsame Zukunft vorstellte. Mit ihm würde er im Alter aneinandergekuschelt auf der Veranda sitzen und hinauf in den Sternenhimmel schauen. In seine Träumereien versunken, bemerkte er den Mann nicht, der sich an ihn heranschlich.

„Wen haben wir denn da?"

Schon stülpte sich ein kratzendes, stinkendes Ding über seinen Kopf. Die

Stimme kam ihm bekannt vor.

„Flo … Florian?"

Statt ihm zu antworten, trat der ihm in den Magen, dass Tom Sterne tanzen sah, gefolgt von Übelkeit.

Bloß nicht in dem Sack übergeben, dann ersticke ich!

Überlebensinstinkt schaltete sich ein, so gab er jede Gegenwehr auf.

„Braves Kerlchen, das ist auch besser für dich."

Die Stimme spiegelte keinerlei Freundlichkeit wider. Es war pure Verachtung, die ihm sein Arbeitskollege entgegenschleuderte. Insgeheim hoffte er, Sina und Marek würden ihn hören, ihm helfen, aber sein Bauchgefühl vernichtete jede Hoffnung. Wo einer war, waren immer auch die anderen.

„Hast du den Penner?", hörte er einen Mann fragen.

„Klar und was ist mit den beiden neugierigen Kindern in der Hütte?"

„Hab denen die Tür vor der Nase zugeschlagen, da kommen sie nicht raus und wenn, müssen sie an mir vorbei."

„Gut gemacht, Jörg, aber mach bitte die Tür auf, damit ich diese Schnüffelnase eben dazu setzen kann. Der hat es nicht anders gewollt, dachte, er ist vernünftig genug, sich nicht mit uns anzulegen, aber nein."

Was hatten die Kerle mit ihnen vor? Angst um sein Leben nistete sich in ihm ein, er sah Sina, Marek und sich versenkt mit Steinen am Grunde eines Sees liegen. Vorerst war ein Schlag auf den Hinterkopf das Letzte, was er spürte, bevor ihn die Dunkelheit vereinnahmte.

10

Obwohl ihn der Hunger fast zerriss, ließ der Tiger von seinem Opfer ab. Von der wiedererrungenen Freiheit überrascht, brauchte der Rehbock einen Moment, um zu begreifen, was das für ihn bedeutete. Benommen vom Kehlenbiss, der ihm die Luft genommen hatte, rappelte er sich auf, hüpfte über einen Graben und über ein offenes Feld davon. Wie ein Stachel im Fleisch schmerzte Timo der Gedanke an die Not seines Freundes. Selten hatte er es derart intensiv gespürt wie in diesem Fall, zuletzt, als seine Familie umgebracht worden war. Das durfte nie wieder geschehen, heute würde er alles in seiner Macht stehende tun, um zur rechten Zeit da zu sein, um das, was er liebte, zu schützen, selbst wenn er dabei verwundet zurückblieb. Sein feiner Geruchssinn führte ihn binnen weniger Minuten zum Herd der Gefahr. Weit vorher hörte er die Stimmen der Männer, ihr Lachen und die schmerzerfüllten Schreie einer Person. Tom? Nein, das war nicht Tom, es war eine Frau. Sina! Knurrend und mit Hass auf die Urheber der Gewalt im Herzen, rannte er auf leisen Sohlen durch das Unterholz. Inzwischen waberte Nebel, setzte sich zwischen den Bäumen ab wie ein unheilbringender Schleier. Das interessierte Timo nicht, er folgte seinem Geruchs- und Hörsinn, bis er aus dem schnellen Lauf in einen Trab fiel, um geduckt auf den Schuppen zuzuschleichen. Lauschend richtete er seine Ohren auf, horchte drei Männer heraus, wovon er einen kannte, Florian. Was hatte der mit den Wilderern zu schaffen? Ihm ging ein Licht auf; natürlich war er einer von ihnen! Von Anfang an war Florian ihm unsympathisch gewesen, jetzt wusste er, woran das gelegen hatte. Einen schlechten Menschen machte sein Tiger sofort aus, was sein anfängliches Bauchgefühl gegenüber diesem Kerl bestätigte. Wahrscheinlich war er gar nicht aufgrund seiner Trauer zusammengebrochen, sondern den Wilderern gefolgt, weil er mit ihnen gemeinsame Sache machte, um das Monster zu jagen, das seinen Freund tötete. Timo hatte seinen Freund getötet, ihn zerfleischt. Und der alte Herbert, genauso wie die Arbeitskollegen, glaubten, Florian würde in seiner Wohnung hocken und trauern.

Seine Zähne zeigend, die Krallen ausfahrend, stellte sich Timo als Mensch und als Tiger gleichermaßen vor, wie er auch Florian zerfleischte. Aber war das der richtige Weg, sollte er das nicht besser der Justiz überlassen. Es würde sich zeigen, im Notfall konnte er für nichts garantieren, denn ein Tier agierte nach dem, was sein Instinkt ihm vorgab. Für Tiger gab es weder Gerechtigkeit noch Polizei, für ihn gab es das Gesetz der Wildnis. In weiser Voraussicht hatte er bestimmten Instanzen Bescheid gegeben, dass es heute zu einem Zugriff im Wald kommen würde und einen bestimmten Punkt benannt. Der Tiger besaß einen inneren Kompass; bevor die Personen eintrafen, würde er seinen Part erledigt haben, anders ging es nicht. Das Risiko, selbst etwas abzubekommen, war zu groß, wenn sie erst an Ort und Stelle waren.

„Selbst schuld an eurer Situation seid ihr drei. Ihr hättet von Anfang an die Finger davon lassen sollen, jetzt ist es zu spät."

Ganz klar, Florian war das, dessen Stimme näher kam, bis Tom eine tätschelnde Hand am Hinterkopf spürte. Neben ihm flehte Sina um ihr Leben.

„Flehen tun sie immer, wenn es zu spät ist, leider können wir euch nicht gehen lassen, nachdem, was passiert ist. Du kennst mich und das ist schlecht, Tom, sehr schlecht. Mir war klar, so eine Schwuchtel wie du bringt nichts als Ärger."

„Ich kann nichts dafür, dass euer Kumpel getötet wurde."

„Nein, das sagt auch keiner, das war ein Tiger, der hier herumstreift. Den erlegen wir auch noch und verdienen mit Fell und Knochen auf dem Schwarzmarkt eine Stange Geld extra. Dann brauch ich mir von Herbert keine Vorschriften mehr machen zu lassen, das Gehalt, das er zahlt, ist eh lausig. Zum Sterben zu viel, zum Leben zu wenig."

Von Marek drang kein Laut nach außen, was Tom ein flaues Gefühl im Magen besorgte, gefolgt von Verlustangst. Lebte er noch oder hatten sie ihn getötet?

Hätten wir bloß auf Timo gehört. Jetzt ist es zu spät.

„Wollen wir noch auf ne Stunde in die Kneipe, n Bier geht immer. Die Felle haben wir abgezogen und präpariert, ansonsten müssen sich die Fallen erst mal wieder füllen.“

„Lassen wir die drei hier, meinst du, das ist eine gute Idee, Hardy?“, fragte
Florian.

„Na, die sind fest verzurrt, wo sollen die hin?“, fragte ein anderer Mann, den
Tom nicht einordnen konnte.

„Hast auch wieder recht, Jörg, also dann, lasst uns gehen, bis dahin hab ich
vielleicht eine Idee, was wir mit den Gören machen.“

Dreckig lachte Florian, ehe er Tom in den Bauch trat, all seine Verachtung für
ihn in den Tritt legte. Keuchend wankte der Getretene von rechts nach links,
wollte sich den schmerzenden Magen halten, was misslang. Seine Hände befanden sich gefesselt hinter seinem Rücken, an einem Eisenring im Betonbo-
den verankert. Durch den Jutesack über seinem Kopf erkannte er nichts von
seiner Außenwelt, nur den kratzigen Stoff. Das Knallen der Tür hörte er hingegen überdeutlich. Als das Gelächter der Männer verstummte, traute er sich, seine Freunde anzusprechen.

„Geht es euch gut, Sina, Marek?“, fragte er mit bebender Stimme.

Der Kloß in seinem Hals erweckte in ihm das Gefühl, jeden Moment zu ersticken und seine Zunge klebte am Gaumen fest. Das Atmen durch den Stoff fiel
ihm schwer.

Jetzt bloß nicht in Panik verfallen, dann ersticke ich!

„Mir … mir geht es … okay, ich bin okay.“ Sina sprach mit tränenerstickter
Stimme. „Was mit Marek ist, weiß ich nicht, ich glaube aber, er lebt. Er
scheint ohnmächtig zu sein, sie haben ihm mit einer Eisenstange auf den Kopf
geschlagen und mich in den Schwitzkasten genommen. Wir konnten nichts
tun.“

Ihr Schluchzen tat Tom in der Seele weh. Gott, niemand wusste, wo sie sich
befanden und Timo hatte keine Zeit, war mit seinem Freund aus Indonesien
beschäftigt. Ihm war klar, er hatte einen großen Fehler begangen und nun
schwebten sie alle drei in Lebensgefahr. Es schien kein Entrinnen zu geben,
der Knebel um seine Hände saß fest, schnitt ins Fleisch.

„Rede nicht so viel, sonst bekommst du keine Luft, falls sie dir auch einen
Sack über den Kopf gestülpt haben."
„Ja, haben sie. Meine Fesseln sitzen fest, ich komme hier nicht raus", sagte
Tom und fühlte, wie Tränen in seine Augen drängten.
Diese Ausweglosigkeit machte ihm zu schaffen, wie ein Albtraum, aus dem es
kein Entkommen gab. Nach einer Weile hörte Tom Marek stöhnen und seufzen
und wie Sina versuchte, ihn zu beruhigen. Es schien ihr zu gelingen, doch als
er seine Lage erfasste, schrie er und wand sich panisch, stieß mit seiner Schul-
ter gegen Sina, die gegen Tom kippte.
„Verdammt Marek, hör auf zu schreien, das bringt nichts. Niemand hört uns,
diese Mistkerle haben uns außer Gefecht gesetzt und angekettet."
Der Geschmack von Fäulnis und altem Stroh benetzte Toms Zunge, als er Teile
vom Sack in den Mund bekam. Er würgte und spuckte, mit Gewalt drängte er
den Brechreiz zurück.
„Was ist das, habt ihr das eben auch gehört? O Gott, die Männer, das sind die
Männer. Sie kommen zurück", bibberte Marek voller Panik.
Ein Kratzen und wenig später ein tiefes Knurren erklang vor dem Schuppen.
Das waren keine Männer, das war etwas anderes, etwas Gewaltiges. Sofort
dachte Tom an den zerfleischten Mann und die Sichtung eines Tigers. Es konnte nur der Tiger sein. Was würde er tun, sie fressen oder weiterziehen? Instän-
dig betete er dafür, das Tier möge weiterziehen. Da, ein Quietschen und erneu-
tes Kratzen, die Tür schlug gegen die Wand, dass er einen Satz nach vorne
machte. Brutal rissen ihn die Fesseln zurück, schnitten in seine Haut. Getrieben von Angst, spürte er die Schmerzen kaum, sein Atem ging hastig. Wieder
war da der ekelhafte Geschmack vom Stoff des Sackes.
„Was ist da draußen, ich hab solche Angst", schniefte Marek.
Wahrscheinlich hatte sein Freund sich längst eingenässt, so kläglich wie er
winselte. Toms Herz schlug schneller in der Brust, sein Puls ging rasend und
die Hände waren nass vor Schweiß. Er stand kurz vor dem Hyperventilieren,
da berührte ihn etwas am Kopf, glitt weiter bis zu seinen Händen, leckte daran.

Etwas Großes befand sich neben ihm, ein warmer Leib, der ihn seltsamerweise beruhigte, statt ihn weiter zu ängstigen. Seine Nerven hatten blank gelegen, doch jetzt erfasste ihn Wärme und Geborgenheit.

„Da ist ein Tier, Tom, o Gott, wir werden sterben."

Nach Luft japsend, wand sich Sina in ihren Fesseln hin und her.

„Hab keine Angst, er wird dir nichts tun."

„Was redest du da, das ist ein Raubtier, es wird uns ...“

„Sei einfach leise, ja!"

Im selben Moment riss der Eindringling Tom den Sack vom Kopf. Was er sah, ließ ihn erstarren, goldene Augen fixierten ihn. Scharfe Zähne, in direkter Nähe wirkten sie auf Tom noch größer. Ein flauschiger, breiter Kopf; der Tiger setzte sich vor ihn, reckte seine Schnauze auf Höhe seiner Ohren. Statt ihm in den Hals zu beißen, wie es ein Tiger mit seiner Beute tat, schleckte er ihn ab. Es kitzelte.

„Du bist es, nicht wahr?", fragte Tom, als er das Antlitz des Tigers wieder vor sich hatte, in seine Augen blickte.

„Mit wem redest du?", fragte Marek.

„Mit Timo."

Während er sprach, blickte er in dessen gelbe Tiefen. Das Tier senkte seinen Kopf, rieb sich an Toms Kinn und begann, zu schnurren. Mehr Betätigung brauchte Tom nicht. Er ließ es geschehen, vertraute dem ungewöhnlichen Fellwesen, wartete, bis es ihn von seinen Fesseln befreit hatte. Trotz dass die Fesseln festgezurrt waren, befreite der Tiger ihn, ohne ihn dabei zu verletzen.

„Timo, wie kommt Timo hierher?"

„Er muss uns gefolgt sein", sagte Tom, der froh über die Säcke war, die seinen Freunden den Blick auf den Tiger verwehrten.

„Bist du es wirklich?"

Ohne Vorwarnung verwandelte sich Timo in seine menschliche Gestalt, stand nackt vor ihm. Wäre die Situation nicht extrem, hätte er gesabbert angesichts dieser geballten Männlichkeit. Muskeln, kein Gramm Fett und Tattoos bedeckten den Leib, stramme Waden, eine schmale Hüfte und ein markantes Gesicht. Ein Kerl wie aus dem Bilderbuch, wie eine Gottheit und dazu ein Geschlecht, das seinesgleichen suchte. Perfekt, nichts war zu klein, nichts war zu groß. Der Körper sah aus wie aus Stein gemeißelt, massiv und unantastbar.

„Ja ich bin es. Eigentlich wollte ich nicht, dass du es so erfährst ...“

„Hey, Timo, wäre nett, wenn du uns befreist, wie hast du uns überhaupt gefunden?“

Marek wirkte aufgebracht.

„Glaubst du, ich wusste nicht, dass ihr alleine loszieht? Wäre dumm von mir, euch alleine zu lassen, ich habe außerdem die Polizei informiert, sie müssen jeden Moment hier sein. Besser, wenn ich mich zurückziehe.“

Weil Timo als nackter Mann in der Hütte stand, machte sein Rückzug Sinn. Sina und Marek würden vor Schreck in Ohnmacht fallen oder Fragen stellen, die niemand beantworten konnte und wollte. Timo hatte sein wahres Gesicht seinem Freund gezeigt, den er als Weggefährten sah, aber die anderen beiden durften sein Geheimnis nie erfahren. Für sie sollte er der hilfsbereite muskulöse Freund bleiben. Timo, der Mensch, nicht mehr und nicht weniger.

„Ich werde gehen, die Männer kommen bald zurück, ich kümmere mich um sie.“

„Pass auf dich auf, sie sind bewaffnet.“

„Das werde ich.“

„Ach ja, an deiner Stelle wäre ich da nicht so sicher, du ...“

Grinsend, mit ausgerichteter Waffe stand Florian vor dem Schuppen. In seinem Rausch, der Freude darüber, dass Tom nichts passiert war, hatte er seine Deckung schleifen lassen. Fuck, das zu viel an Mensch wurde ihm augenblicklich zum Verhängnis.

„Ihr beide, Hände auf den Rücken und dann an die Wand, weg von deinen Freunden!“, drohte Florian, richtete die Waffe nun auf Marek und Sina. „Eine Bewegung und ich knall sie ab. Oh, ein nackter Mann, wie kommt's?“

Er lachte irre. Von seinen Freunden war nichts zu sehen, bemerkte Tom, als er hin und her blickte. Die offene Tür des Schuppens sah aus wie ein dunkles Loch.

„Du bist ein Arschloch!", sagte Tom, suchte Augenkontakt zu seinem Arbeitskollegen.

„Pa!" Er spuckte auf den Boden. „Habt ihr etwa rumgemacht und das in dieser heiklen Situation, neben euren gefesselten Freunden? Wie widerlich muss man sein?"

Abschätzig musterte er den Nackten von Kopf bis Fuß, legte seine verschwitzte Stirn in Falten.

„Wenn du wüsstest, was abgeht, hättest du eine weniger vorlaute Klappe." Geheimnisvoll grinsend machte er, ohne jede Angst, ein paar Schritte auf den Mann mit Gewehr zu.

„Ach ja, was geht denn hier ab?"

Seine Augen quollen hervor, als wollten sie jeden Moment aus den Höhlen purzeln, seine obere Zahnreihe schob sich vor. Florians Blick wurde aggressiver, er richtete sich zu seiner vollen Größe auf, was Timo aber nicht beeindruckte.

„Erinnerst du dich an deinen besten Freund, der zerfleischt aufgefunden wurde?"

Florian blieb still, fixierte ihn aber weiterhin.

„Ich war das, ich hab deinen Freund angegriffen und zerfleischt und es hat mir Spaß gemacht, ihn zu töten."

„Wie das?"

Ohne dem Mann Zeit zu lassen, der ob der Veränderung verdutzt dreinblickte, verwandelte sich Timo. Ein Schuss hallte, ging daneben, wenige Zentimeter an Mareks Kopf vorbei ins Holz. Mit seinen Krallen hieb Timo ihm das Gewehr aus der Hand, Hautfetzen und Sehnen hingen herunter, Florian schrie, starrte den Rest seiner Hand an. Blut sprudelte und spritzte.

„Was hast du getan?"

Sekundenlang starrten sie sich an, Tier gegen Wilderer. Florian wich zurück,

Timo schlich ihm auf leisen Sohlen nach. Mit einem Ohr nahm er wahr, dass sich Männer näherten, nicht die Polizei, wie er erhoffte, um dem Schauspiel ein Ende zu bereiten. Wo blieben die nur, Freund und Helfer, wenn man sie brauchte, waren sie nicht da. Also musste er es selbst in die Hand nehmen. Mit scharfem Blick beobachtete er das schwarze Loch nach draußen, Silhouetten traten aus dem Schatten hervor mit geladenen Waffen.

„Jörg, Hardy, ich bin hier, es greift mich an. Schießt, so schießt doch endlich.“ Seine Aufmerksamkeit ging zurück auf den verwandelten Timo. „Fuck, was bist du für ein Ding?“

Brüllend sprang Timo vom Fleck, jetzt zählte jede Sekunde. Beiläufig schnüffelte er, filterte die einzelnen Duftstoffe und nahm sie endlich wahr, was ihn erleichterte. Timo und seine Freunde dürften gerettet sein.

„Nein, aha!“

Mit vollem Gewicht warf er Florian um, packte ihn an der Kehle und riss ihm mit einem Biss den Kehlkopf heraus. Blut besudelte seine Schnauze, Florians sich dagegen stemmende, unversehrte Hand erschlaffte und fiel ab. Gurgelnd griff sich der Mann an den Hals, versuchte vergeblich, das Blut am Fließen zu hindern. Gutturale Laute drangen aus den Resten seiner Kehle. Er starrte den Tiger mit übergroßen Augen an, den Mund zu einem stummen Schrei offen. Lange würde der Bastard nicht mehr leben, aber nun ging es darum, seine eigene Haut zu retten. Mit einem weiteren Satz sprang Timo durch das milchige Fenster, riss es komplett mit Rahmen aus der Verankerung und verschwand im Dickicht.

„Hände hoch und an die Wand“, befahl die tiefe Stimme eines schwer bewaffneten Mannes des Sondereinsatzkommandos.

Tom spürte das kalte Metall des Gewehrlaufes an seiner Schläfe, den ihm einer der Männer an den Schädel drückte. Hätte der abgedrückt, wäre von seinem Kopf nichts mehr übrig geblieben als ein zerfetzter Stumpf. Es war Rettung in letzter Sekunde.

Fluchend ließen die Männer die Waffen fallen, drehten sich mit erhobenen

Händen um. Die bösen Buben hatten verloren, das Spiel war aus.

Epilog

Von Florians Tod hatte Tom zum Glück nicht viel gesehen, jedoch wie er
dalag, mit weit aufgerissen Augen und einem blutigen Loch im Hals. Unter
ihm hatte das Blut eine Lache gebildet. Marek und Sina kamen mit dem Schrecken davon, dank der Säcke über ihren Köpfen war ihnen der grausige Anblick
der Leiche erspart geblieben. Trotz dass ihre Festsetzung glimpflich verlaufen
war, saß der Schrecken tief, der Gang zum Psychologen blieb unvermeidbar.
Irgendwie mussten sie das, was passiert war, verarbeiten, ohne Hilfe von außen
ging es nicht. Vor allem nicht, weil sie vorhatten, weiterhin Tieren und Natur
in Not zu helfen. Ohne mutige Menschen war die Erde dem Untergang ge-
weiht. Doch dieses Mal würden sie auf Timo hören, ihn in die Mitte nehmen.
Zuerst aber wollte Tom mit seinem Freund alleine sein, sich in seine Arme
schmiegen und von ihm wiegen lassen. Von seinem Chef, der genauso geschockt um Florians Mitwirken in einer kriminellen Organisation war, hatte er
zwei Wochen Sonderurlaub bekommen. Diese beiden Wochen verbrachte er
mit Timo, der ihm alle Zeit der Welt gab, zu verstehen, was er war, ein Gestaltwandler. Um diese Tatsache zu verinnerlichen, verwandelte sich Timo so oft es
ging in den Tiger, ließ sich mustern, drehen, wenden und natürlich streicheln.
Auch als Tier genoss Timo die Zuwendungen seines Freundes, legte sich auf
den Rücken, die hilfloseste Pose, die er annehmen konnte, lieferte sich aus.
Bei Tom fühlte er sich geborgen.
„Ich freue mich, dass wir zusammenziehen", sagte Timo. „Jeder vernünftige
Mensch würde uns für bekloppt halten, aber wir gehören zusammen, das weiß
ich tief in mir drin. Ein Tiger lässt sich nicht täuschen."
Seine Augen glommen gelb, obwohl sein Körper der eines Menschen blieb,
wie Tom fasziniert bemerkte. Seitdem er gewahr geworden war, was sich unter
Timos menschlicher Oberfläche befand, sah er ihn mit anderen Augen.
„Ich hoffe, du siehst Jean nicht als Konkurrenz."
Jean war vor drei Tagen aus Indonesien angereist und hatte sich als Nachmieter

für Toms Wohnung beworben. Gemeinsam mit Timo hatte er vor, eine eigene Firma zu gründen im Bereich Garten und Landschaftsbau. Wenn die Firma gut lief, würde Tom zu ihnen stoßen, vorerst wollte er bei Herbert bleiben, jetzt, wo Florian weg war, fühlte er sich frei.

„Warum sollte ich Jean als Konkurrenz sehen, du liebst mich, das spüre ich. Um es kitschig zu sagen, ich spüre es mit jeder Faser meines Körpers."

Er streichelte über Timos markante Brust, fuhr den zahlreichen Linien der Tattoos nach, die seine Haut bedeckten. Unter seinen Fingern fühlte er Muskeln wie aus Stahl unter samtweicher Haut. Ein paar feine Härchen begannen unter dem Bauchnabel, führten hinab zu den tief sitzenden schwarzen Shorts, unter denen sich das Geschlecht abzeichnete. Liebevoll fuhr Tom mit einem Finger diese Haarlinie hinab, um am Bund der Shorts innezuhalten.

Schnurrend, Katze durch und durch, beobachtete Timo die Liebkosungen seines Freundes, rückte auf der Couch nur ein Stück an der Lehne empor. So hatte Tom genug Platz zwischen Timos Beinen, um sich dort zu entfalten.

„Ich liebe dich."

Küsse verteilend, arbeitete sich Tom weiter vor, schob seine Hand in die Shorts, umfasste das steife Glied, fuhr auf und ab. Er erhöhte den Druck, was den bis eben schnurrenden Tiger zum heiseren Aufstöhnen brachte. Seine Augen glommen auf, das Gebiss verwandelte sich. Timo musste sich zwingen, in der menschlichen Gestalt zu bleiben, als Tiger wollte er nun wirklich keinen Sex mit seinem Liebsten haben.

„Jean sucht sich jemanden, der für ihn die Nummer eins im Leben ist. Wir sind beste Freunde, daran ändert sich nie etwas. Du bist meine Nummer eins, Tom, Gestaltwandler sind treu bis in den Tod."

Mehr als einen tiefen Blick in die Augen des Gegenüber brauchte es nicht, es war alles gesagt, jetzt zählten Taten.

Ende